l'agenda

DOCUMENTS

RELATIFS À

L'UNIFICATION DE L'HEURE

ET À LA

LÉGALISATION DU NOUVEAU MODE DE MESURER LE TEMPS

1.960

IMPRIMÉS PAR ORDRE DU PARLEMENT.

OTTAWA
IMPRIMÉ PAR S. E. DAWSON, IMPRIMEUR DE SA TRÈS EXCELLENTE
MAJESTÉ LA REINE.
1891.

PIÈCES

(44)

Communiquées sur ordre de la Chambre des Communes en date du 15 mai 1891, demandant la production des lettres, documents et rapports en possession du gouvernement et relatifs à l'unification horaire et à sa légalisation.

Par ordre,

J. A. CHAPLEAU,

Secrétaire d'Etat.

Ottawa, 4 juin 1891.

LISTE.

N° 1—Dépêche du secrétaire d'État pour les colonies, lord Knutsford, en date du 21 novembre 1890, transmettant certains documents, savoir :—

(a) Lettre du département des Sciences et des Arts, à la date du 26 juillet 1890, exprimant l'adhésion du département aux vues de M. Sandford Fleming, au sujet de l'unification des heures, et recommandant que son mémoire soit communiqué aux autorités supérieures de toutes les colonies, en vue de l'adoption du système des fuseaux horaires, et de la numération des heures jusqu'à 24.

(b) Résolutions (25 avril 1890) de la commission du Maître méridien, à l'appui du mouvement pour la réforme générale de la mesure du temps dans toutes les possessions britanniques.

(c) Mémoire (20 novembre 1889) de M. Sandford Fleming sur le mouvement qui a pour but l'établissement d'un système de computation du temps reposant sur une base scientifique et offrant la plus grande mesure de simplicité, d'exactitude et d'uniformité, dans tous les pays du monde.

N° 2—Rapport (27 décembre 1890) de M. Charles Carpmael, directeur du service météorologique, sur les documents mentionnés dans la dépêche (21 novembre 1890) de lord Knutsford, recommandant que le cabinet présente au parlement un projet de loi à l'effet de rendre légal le nouveau mode de compter le temps au Canada.

N° 3—Bill mentionné dans le rapport de M. Carpmael, et présenté par un membre du parlement à la dernière session, en conformité de la pétition du *Canadian Institute* et al.

N° 4—Pétition du *Canadian Institute*, du maire, du conseil de ville et des citoyens de Toronto, mentionnée dans le rapport de M. Carpmael.

N° 5—Dépêches circulaires du secrétaire d'Etat américain, convoquant une conférence internationale, et résolutions adoptées à la conférence internationale de Washington de 1884, déterminant un zéro commun pour les longitudes et une norme universelle pour la mesure du temps.

N° 6—Projet de loi présenté au Congrès des Etats-Unis au sujet de la mesure du temps, pour les Etats-Unis.

N° 7—Rapport (21 janvier 1891) de la commission spéciale de l'unification des heures à l'*American Society of Civil Engineers.*

N° 8—Discours prononcé le 19 mars 1891, par le comte Von Moltke au Reichstag, sur le mouvement relatif à l'unification de l'heure en Europe.

N° 9—Communication (1er juin 1891) de la Société royale du Canada, transmettant un rapport adopté à Montréal à une séance de la société, et autres documents relatifs à la mesure du temps.

No 1.

DÉPÊCHE CIRCULAIRE DU BUREAU DES COLONIES, À LONDRES, AU GOUVERNEUR GÉNÉRAL DU CANADA ET AUX GOUVERNEMENTS DE TOUTES LES COLONIES BRITANNIQUES.

DOWNING STREET, 21 novembre 1890.

MONSIEUR,—J'ai l'honneur de vous transmettre copie d'une lettre du département des sciences et des arts (26 juillet 1890), accompagnant l'envoi d'un exemplaire d'un mémoire de M. Sandford Fleming sur la mesure du temps, ainsi que de la carte y jointe.

J'ai l'honneur d'être, monsieur,

Votre très obéissant et très humble serviteur,

Au fonctionnaire chargé de
l'administration du gouvernement du Canada.

KNUTSFORD.

No 1 (a).

Bureau des colonies—département des sciences et des arts.

MEMBRES DE LA COMMISSION :

L'astronome royal.
Le professeur J. C. Adams, A.M., F.R.S.
Le lieutenant général R. Stratchey, I.R., C.S.I., F.R.S.
Le Dr Hind, F.R.S.
L'hydrographe de la marine.
Le major général Donnelly, C.B.

DÉPARTEMENT DES SCIENCES ET DES ARTS,
LONDRES, S. W., 26e jour de juillet 1890.

MONSIEUR,—A propos de la lettre du bureau des colonies, du 15 février dernier, qui accompagnait l'envoi d'une dépêche du gouverneur général du Canada, contenant certains documents relatifs à une réforme pour la mesure et la notation du temps que le *Canadian Institute* a désiré faire porter à la connaissance de ce département, j'ai reçu instruction des lords de la commission du conseil sur l'éducation de vous informer que ces documents ont été soumis à la commission nommée pour s'occuper de la question.

La commission considère " qu'il est désirable que le mémoire de M. Sandford " Fleming soit envoyé aux gouvernements de toutes les colonies, pour être étudié " en vue de l'adoption du système des fuseaux horaires pour la mesure du temps en " général, et de la numération des heures jusqu'à 24 dans le service des chemins de fer."

" La commission désire exprimer son adhésion aux opinions énoncées par M. " Sandford Fleming relativement aux avantages qui résulteraient de cette réforme, " et à la facilité avec laquelle elle peut être mise à exécution."

J'ai aussi à vous prier d'informer le secrétaire d'Etat pour les colonies que l'astronome royal signale un travail du Dr Schram, publié dans la livraison d'avril de l'*Observatory*, où il est constaté que l'heure dite *Standard Time* ou système des fuseaux horaires va probablement être prochainement adoptée sur les chemins de fer de l'Allemagne et de la Hongrie, tandis que d'autres nations européennes sont bien disposées à l'égard de la réforme.

Je suis chargé de vous prier de bien vouloir inviter lord Knutsford à faire envoyer aux gouverneurs des colonies de Sa Majesté des exemplaires du mémoire et de la carte en question, imprimés à cette fin.

J'ai l'honneur, etc.,

W. D. DONNELLY.

Monsieur le sous-secrétaire d'État
pour les colonies, bureau des colonies, S. W.

No 1 (b).

Commission du Maître méridien.

Séance du 25 avril 1890.

Présents :—L'astronome royal, président,
L'hydrographe de la marine,
Le général Donnelly, C.B.

Résolu,—

1. Qu'il est désirable que le mémoire de M. Sandford Fleming soit envoyé aux gouvernements de toutes les colonies, pour être étudié en vue de l'adoption du système des fuseaux honoraires pour la mesure du temps en général, et de la numération des heures jusqu'à 24 dans le service des chemins de fer. La commission désire exprimer son adhésion aux opinions énoncées par M. Sandford Fleming relativement aux avantages qui résulteraient de cette réforme, et à la facilité avec laquelle elle peut être mise à exécution.

2. Qu'il serait à désirer qu'une recommandation pareille fût faite au gouvernement des Indes, et que l'adoption de la numération des heures de 0 à 24 dans le service des chemins de fer (qui a, d'après leurs renseignements, été adoptée sur plusieurs lignes des Indes), fût recommandée aux compagnies de chemin de fer du Royaume-Uni.

N° 1 (c).

MÉMOIRE sur le mouvement qui a pour but l'établissement d'un système de computation du temps reposant sur une base scientifique, et offrant la plus grande mesure de simplicité, d'exactitude et d'uniformité dans tous les pays du monde.

1. Malgré les grands progrès accomplis dans le cours de ce siècle, dans les arts et les sciences et leur application aux affaires de la vie humaine, la mesure du temps est encore à un état très primitif dans plusieurs pays et à un état très imparfait partout. Les deux agences de la vapeur et de l'électricité ont, en introduisant des moyens de communication rapides, développé des difficultés qui démontrent que le temps est généralement supputé d'après des principes tout à fait erronés. Le fait est que le système aujourd'hui suivi dans la mesure du temps est une combinaison extrêmement compliquée, qui renferme maints éléments de confusion, et que cette confusion ne saurait que devenir de plus en plus grande avec l'augmentation de la population et la croissante multiplicité des lignes de communication rapide.

2. Durant les dix dernières années, des efforts ont été faits pour remédier à cet état de chose, en établissant un système qui reposât sur une base vraiment scientifique, fût acceptable à toutes les nations, et dont l'application fût en tout bien caractérisée par une exactitude parfaite et une uniformité et une simplicité absolues.

3. Le sujet a été étudié avec soin par maintes personnes autorisées et par des corps de savants d'Europe et d'Amérique. Il a été débattu aux congrès de géographie et de géodésie de Venise et de Rome, et dans des conventions de savants et d'hommes pratiques en Amérique. Dans chacune de ces occasions a été avancée la solution du problème. A la suite de ces différentes conférences et des efforts ainsi faits, le président des Etats-Unis, autorisé à cet effet par un acte du Congrès, invita les gouvernements de toutes les nations civilisées à nommer des délégués à une conférence devant avoir lieu à Washington pour étudier la question et prendre à son sujet des mesures décisives.

3. A la conférence de Washington étaient réunis des délégués de vingt-cinq nations. Il y eut huit séances, dont la première eut lieu le 1er octobre 1884 et la dernière le 1er novembre suivant. Après des discussions mûres et réfléchies la conférence internationale accomplit son objet, en votant, avec une unanimité pour ainsi dire complète, une série de résolutions déterminant les principes d'après lesquels

44—1½

toutes les nations du globe peuvent s'unir dans l'adoption d'un système chronométrique universel.

5. La conférence eut pour résultat important l'établissement (1°) d'un Maître méridien origine des longitudes, (2°) d'un zéro de temps et (3°) d'une unité chronométrique commune à toutes les nations.

6. Le Maître méridien correspond au méridien de Greenwich.

7. Le zéro de temps peut être défini comme le moment du passage du soleil (moyen) sur l'anti-méridien initial.

8. L'unité chronométrique, désignée sous le nom de jour universel, peut être définie comme l'intervalle entre deux passages consécutifs du soleil (temps moyen) sur l'anti-méridien initial.

9. La conférence détermina de plus que les heures du jour universel seront comptées en une série unique de 0 à 24.

10. Le jour universel, tel que défini par la conférence de Washington, commence et finit au même moment que le jour civil à Greenwich, mais il diffère du jour civil de Greenwich sous le rapport de la numération des heures. Tandis que le jour universel n'a qu'une série unique d'heures de 0h. à 24h., le jour civil de Greenwich se divise à midi en moitiés, la moitié d'avant-midi et celle d'après-midi étant subdivisées chacune en une série d'heures de 0 à 12 qu'on distingue par les noms respectifs d'heures du matin (*ante meridiem*) et heures du soir (*post meridiem*). L'heure de Greenwich est l'heure dite locale du méridien de Greenwich. L'heure universelle, d'un autre côté, sera commune à toutes les localités, et le jour universel deviendra l'unité chronologique du monde ou la date absolue.

11. Il a été fait beaucoup de progrès dans le sens de l'adoption générale des principes qui doivent régir l'établissement d'une heure universelle, et les succès pratiques qui ont accompagné l'application de ces principes tendent à démontrer que l'unification de l'heure parmi les nations pourra graduellement s'effectuer.

SYSTÈME DES MÉRIDIENS HORAIRES.

12. Le premier pas important est l'adoption du système de fuseaux horaires communément appelé en Amérique *Standard Time* (l'heure conventionnelle). On peut dire que, dans la théorie de l'heure universelle, le principe fondamental est l'unité. Le temps est évidemment unique dans tout l'univers, et l'idée d'heures distinctes pour les différentes localités est fausse. Tandis que le principe essentiel de l'heure universelle ne saurait être mis en question, on ne peut nier qu'une notation des heures parfaitement uniforme par tout le globe vient en conflit directe avec nos idées préconçues et nos habitudes mentales. Le système de fuseaux horaires est introduit comme un moyen facile de transition entre les vieilles idées et les nouvelles, et on trouve qu'en adoptant des méridiens horaires comme types locaux de l'heure on triomphe en grande mesure de difficultés sérieuses sans s'écarter trop violemment des usages héréditaires et des coutumes générales. Le système des fuseaux fournit encore le moyen d'appliquer dans les affaires ordinaires les principes de l'heure universelle.

13. Dans le système des fuseaux horaires la circonférence du globe est divisée en vingt-quatre sections ou fuseaux. La ligne centrale ou médiane de chaque fuseau est un méridien horaire, et les méridiens horaires sont à intervalles égaux de quinze degrés de longitude. Le planisphère qui accompagne le présent mémoire indique la position géographique des vingt-quatre méridiens horaires. Ceux-ci sont numérotés consécutivement vers l'ouest à partir de zéro, l'anti-méridien initial.

14. Théoriquement chaque fuseau horaire s'étend à sept degrés et demi de longitude de chaque côté du méridien horaire, mais en pratique la ligne de délimitation entre deux fuseaux voisins peut être tracée suivant les circonstances nationales, géographiques ou commerciales.

15. Comme la terre tourne sur son axe en vingt-quatre heures, une heure s'écoule entre le passage du soleil sur un méridien horaire et son passage sur le méridien horaire suivant. Il est donc évident que si l'heure adoptée dans chaque fuseau régulier est régie par le méridien de ce fuseau, il y aura partout rapport régulier et direct entre

les heures. Il y aura des différences, mais les différences seront toujours connues et seront invariablement multiples d'une heure. Par tout le globe, il y aura identité complète dans les minutes et dans les secondes. Par exemple, quand il est six heures et vingt-cinq minutes au dixième fuseau, il est cinq heures et vingt-cinq minutes au onzième fuseau, quatre heures et vingt-cinq minutes au douzième, et ainsi de suite, deux fuseaux consécutifs différant juste d'une heure. Ainsi, le seul rapport sous lequel il n'y aura pas uniformité complète dans le calcul du temps par tout le globe, sera celui des nombres horaires, mais ceux-ci étant gouvernés par les nombres des méridiens horaires, la traduction des heures régionales en temps universel sera simple et directe.

16. Comme l'heure du fuseau du douzième méridien horaire coïncidera avec l'heure universelle, l'heure de chaque fuseau à l'est de ce méridien, sera d'une ou plusieurs heures complètes en avance sur l'heure universelle, et celle de chaque fuseau à l'ouest du douzième méridien horaire, sera en retard de l'heure universelle. L'heure universelle sera la moyenne de toutes les heures possibles dans le système des fuseaux horaires, et le jour universel la moyenne de tous les jours locaux possibles.

17. Le système des fuseaux horaires a été adopté pour les usages ordinaires dans différents pays des trois continents de l'Asie, de l'Europe et de l'Amérique. En 1887, un arrêté impérial décrétait qu'à compter du premier janvier suivant, l'heure unique de tout le Japon serait celle du troisième méridien horaire. En Angleterre et en Ecosse, l'heure est celle du douzième méridien horaire, en Suède l'heure du onzième méridien horaire est l'heure normale, et en Autriche-Hongrie, le même méridien horaire vient d'être adopté. Il se fait des efforts dans le même sens en Allemagne et dans d'autres pays européens. Dans l'Amérique du Nord, le système des fuseaux horaires est en usage général depuis six ans, et l'heure y est régie de la manière suivante :

Par le 16e méridien horaire, dans la Nouvelle-Ecosse et l'Ile du Prince-Edouard.
Par le 17e méridien horaire, dans le Nouveau-Brunswick, la province de Québec et l'Ontario, le Maine, le Vermont, le Massachusetts, le New-Hampshire, le Connecticut, l'Etat de New-York, la Pensylvanie, le Rhode-Island, le New-Jersey, le Maryland, la Virginie, la Caroline du Nord, la Caroline du Sud, la Géorgie et la Floride.
Par le 18e méridien horaire, dans le Manitoba, le Kéwatin, le Minnesota, le Wisconsin, le Michigan, l'Iowa, l'Ohio, l'Illinois, l'Indiana, le Kentucky, le Missouri, l'Arkansas, le Tennessee, l'Alabama, le Mississipi et la Louisiane.
Par le 19e méridien horaire, dans les districts de l'Assiniboïa, de la Saskatchewan, d'Alberta et d'Athabaska, dans le Montana, le Dakota, le Wyoming, le Nébraska, le Colorado, le Kansas, le Nouveau-Mexique, le Texas, l'Utah et l'Arizona.
Par le 20e méridien horaire, dans la Colombie-Britannique, l'Etat de Washington, l'Idaho, l'Orégon, le Nevada et la Californie.

18. L'adoption du système des fuseaux horaires, a fait succéder l'ordre au chaos des heures locales, qui en maints endroits causait auparavant beaucoup d'inconvénients et d'embarras. Partout où le calcul de l'heure est gouverné par le même méridien type il y a uniformité complète dans toutes les divisions du temps. Au Japon, dans l'Europe centrale, la Grande-Bretagne, les Etats-Unis, le Canada et le Mexique, l'unité règne. Dans toutes ces contrées l'heure sonne au même instant. La seule différence qu'il y ait est dans les nombres par lesquels elle est représentée dans les différentes régions. A cette exception près, chaque division du jour est partout simultanée.

NOTATION DE 24 HEURES.

19. Le deuxième pas important à faire pour régler le calcul du temps dans les différents pays du monde, est d'abandonner la division du jour en groupes d'heures du matin (*ante meridiem*) et d'heures du soir (*post meridiem*), numérotés séparément, pour une série unique suivie et numérotée de 0 à 24. Ce changement a été adopté par la conférence de Washington pour le jour universel.

20. Non seulement la vieille coutume de diviser le jour en deux groupes de douze heures, quelle que soit son origine, ne se recommande par aucun avantage, mais elle entraîne des inconvénients réels qui se sont accentués depuis la dernière génération. La division du jour par moitiés double les occasions d'erreur et tend à la confusion dans le service des chemins de fer. Il suffit d'une simple incorrection typographique—A.M. pour P.M. ou *vice versa*—pour causer des contretemps, des pertes de temps, et peut-être des pertes de biens ou des pertes de vie.

21. La notation de 24 heures fait disparaître tout doute, toute incertitude, et tend à la sûreté publique. Là où elle a été adoptée en Canada, il n'y a aucune ambiguïté, et de plus le changement s'est effectué sans difficulté et sans danger. On sait que l'heure dont le nombre n'atteint pas douze appartient absolument à la première partie du jour, et que celle dont le nombre est supérieur à douze est une heure de relevée ou du soir.

22. La notation de 24 heures est fortement recommandée par des hommes éminents de Russie, d'Allemagne, d'Italie, d'Autriche, de Belgique, de France, d'Espagne, de la Grande-Bretagne, et on peut dire de tous les pays d'Europe. Elle est en usage quotidien sur les grandes lignes de télégraphe qui réunissent l'Angleterre à l'Egypte, l'Inde, la Chine, l'Australie et l'Afrique méridionale. Elle a fait fortune en Amérique. Elle est en usage depuis plus de quatre ans sur 2,354 milles du Chemin de fer canadien du Pacifique, et depuis près de trois ans sur le chemin de fer fédéral canadien, l'Intercolonial, dont la longueur est de 986 milles. Les administrateurs et tous les employés de ces chemins de fer font les plus grands éloges de ce système. C'est le seul qui soit aujourd'hui en usage au nord du 49e parallèle et à l'ouest du 89e méridien. Il n'est pas une province du Canada où il ne soit pas déjà en usage. Il a été adopté sur les chemins de fer de la Nouvelle-Ecosse, du Nouveau-Brunswick, de l'Ile du Prince-Edouard, du Manitoba, de l'Assiniboïa, de l'Alberta, de la Colombie-Britannique et d'une partie de la province de Québec et de l'Ontario; et on s'en trouve si bien qu'on a décidé d'en étendre l'application. On compte qu'avant longtemps il sera universellement en usage sur les chemins de fer du Canada.

23. Aux Etats-Unis une opinion d'un grand poids s'est prononcée en faveur de la notation de 24 heures. La Société américaine des ingénieurs civils, profondément intéressée dans le perfectionnement du système de chemins de fer de la république, a depuis 1880 pris un intérêt actif dans la réforme de la mesure du temps. Cette société s'est mise à la tête du mouvement, et s'est appliquée à préparer les esprits à l'acceptation générale du système des fuseaux horaires, il y a six ans, et depuis lors elle a vigoureusement travaillé à propager la notation de 24 heures. Elle a une commission spéciale qui est chargée de correspondre au nom de la Société des administrateurs de chemins de fer sur le sujet, et de promouvoir de toute façon régulière l'adoption de la nouvelle notation. Les lettres adressées par la Société américaine des ingénieurs civils aux principaux administrateurs en différentes parties du pays ont suscité un très grand nombre de réponses. Celles-ci représentent l'opinion de ce que l'on croit être la grande majorité des administrateurs de toutes les compagnies de chemin de fer de l'Amérique du Nord, et 97 pour 100 de ceux qui ont répondu jusqu'à présent étaient en faveur de l'adoption de la notation de 24 heures dans le service des chemins de fer du pays, à une date rapprochée. Il est tout à fait évident que l'opinion est pour ainsi dire partout favorable au changement, et il ne reste plus qu'à la Convention générale de l'heure, corps organisé qui représente tous les chemins de fer des Etats-Unis, de prendre la mesure nécessaire, pour que la notation nouvelle entre en usage dans toutes les parties du pays simultanément.

24. En adoptant le système des fuseaux horaires et en faisant entrer dans la pratique la " notation de 24 heures," le Canada a indubitablement été le premier à mettre à effet, et cela de la façon la plus pratique possible, les principes essentiels de l'heure universelle. La notation de 24 heures a de même été introduite dans le service des chemins de fer de Chine, et il n'est pas peu remarquable que l'une des plus antiques civilisations de l'orient ait donné la main à la plus jeune des civilisations de l'ouest, pour secouer le joug de la routine et établir une réforme que tout homme intelligent croit désirable. L'heure universelle sera réellement adoptée dans l'Amérique du

Nord, aussitôt que la " notation de 24 heures " sera partout en usage aux Etats-Unis. Il n'y a qu'un simple pas à faire pour assurer à la Grande-Bretagne tous les avantages de l'heure universelle. Il n'y a qu'à adopter la " notation de 24 heures." Cette réforme unique concerne surtout les administrateurs de chemins de fer et les voyageurs par voies ferrées, et dans un pays ou tout le monde voyage plus ou moins, je ne peux concevoir que, si les administrateurs des chemins de fer anglais savaient avec quelle facilité le changement s'est opéré au Canada, et quels résultats favorables s'en sont suivis, ils ne prendraient pas bientôt les mesures nécessaires pour s'assurer les avantages d'un pareil état de choses. L'examen que j'ai fait des lettres reçues par le département des sciences et des arts, à South Kensington, et dont on m'a fait la faveur de me communiquer des copies, me confirme pleinement dans cette opinion. Ces lettres établissent que les importantes corporations et départements publics dont je donne ci-dessous la liste, donnent une cordiale adhésion aux résolutions adoptées à la Conférence de Washington, savoir :

1. La Société royale d'astronomie.
2. La Société royale.
3. La Chambre de commerce.
4. Le Département des Postes.
5. La Compagnie du télégraphe Oriental.
6. La Compagnie du prolongement du télégraphe Oriental.
7. La Compagnie du télégraphe de l'Orient et de l'Afrique méridionale.
8. La Société des ingénieurs de télégraphe.
9. Le Trinity House.
10. Le Département des Indes.
11. Le Département des Colonies.
12. L'Amirauté.

Il y aurait à ajouter la Commission du conseil de l'instruction publique et le Conseil des visiteurs de l'observatoire royal de Greenwich. Le fait est que pas une seule objection n'a, que je sache, été faite nulle part.

25. Comme l'objet fondamental de la Conférence de Washington était de faire disparaître tout doute et ambiguïté, assurer la simplicité et introduire l'uniformité dans la mesure du temps, il est d'une importance manifeste que les changements proposés, après avoir été approuvés comme ils l'ont été à la Conférence par les représentants de vingt-cinq nations, et subséquemment regardés par tant d'autorités comme désirables en eux-mêmes, puissent être acceptés sans délais superflus et mis à effet d'une manière générale autant que possible. Le premier pas important est le choix de méridiens horaires et l'adoption du système des fuseaux horaires. C'est avec ces fins en vue que j'ai préparé la carte ci-jointe. On y voit la position des vingt-quatre méridiens, et l'indication d'une façon générale du pays ou de la partie de pays dont un méridien horaire quelconque se trouve le plus rapproché. Chaque nation pourrait grandement faciliter l'unification de l'heure par tout le globe, et grandement promouvoir le bien général de l'humanité, en prenant, aussitôt qu'il serait possible sans inconvénient, des mesures pour le choix des méridiens horaires sur lesquels baser ses calculs du temps. J'accompagne le présent mémoire d'un tableau où sont indiqués les méridiens horaires qui peuvent être choisis par chaque pays, mais en cela il appartient à chaque nation de juger pour elle-même.

26. J'ai mentionné ce qui a été accompli en Amérique, particulièrement en Canada, pour l'avancement de cette idée. S'il est pris des mesures pour étendre l'usage du système des fuseaux horaires à toutes les colonies britanniques du globe, celles-ci participeront individuellement et collectivement dans les avantages d'une commune mesure de temps. J'ose proposer la liste ci-annexée des principales colonies et dépendances britanniques, dans laquelle j'ai indiqué les méridiens horaires qui me paraissent les plus propres à servir de types suivant les cas.

SANDFORD FLEMING.

Ottawa, 20 novembre 1889.

POSSESSIONS BRITANNIQUES.

TABLEAU dans lequel sont indiqués, sous les numéros qu'ils portent dans la carte ci-jointe, les méridiens horaires qui peuvent être choisis comme types locaux pour la mesure du temps dans les différentes possessions britanniques.

A la dernière colonne sont indiquées les différences entre les heures des fuseaux et l'heure universelle. Le signe *plus* marque que l'heure du fuseau est en avance sur l'heure universelle, et le signe *moins*, qu'elle est en retard.

Pays.	Méridiens horaires.		Heures des fuseaux en avance ou en retard sur l'heure universelle.
	A l'est ou à l'ouest de Greenwich.	Numéros selon la carte.	
Les îles britanniques—			
L'Angleterre et le pays de Galles	0 —	12	0 heure.
L'Ecosse	0 —	12	0 "
L'Irlande	0 —	12	0 "
Le Canada—			
La Nouvelle-Ecosse	60 ouest	16	+ 4 "
Le Nouveau-Brunswick	75 "	17	− 5 "
L'Ile du Prince-Edouard	60 "	16	− 4 "
Le Québec	75 "	17	− 5 "
L'Ontario	75 "	17	− 5 "
Le Manitoba	90 "	18	− 6 "
L'Assiniboïa	105 "	19	− 7 "
La Saskatchewan	105 "	19	− 7 "
L'Alberta	120 "	20	− 8 "
L'Athabaska	120 "	20	− 8 "
La Colombie-Britannique	120 "	20	− 8 "
L'Australasie—			
La Nouvelle-Galles du Sud	150 "	2	+10 "
La Victoria	150 "	2	+10 "
Le Queensland	150 "	2	+10 "
La Tasmanie	150 "	2	+10 "
L'Australie du Sud	135 est	3	+ 9 "
L'Australie de l'Ouest	120 "	4	+ 8 "
La Nouvelle-Zélande	165 "	1	+11 "
Les îles Fiji	165 "	1	+11 "
La Nouvelle-Guinée	150 "	2	+10 "
Possessions asiatiques—			
L'Inde	75 "	7	+ 5 "
Le Birman	90 "	6	+ 6 "
L'île Ceylan	75 "	7	+ 5 "
Le Hong-Kong	120 "	4	+ 8 "
Singapore	105 "	5	+ 7 "
L'île Labouan	120 "	4	+ 8 "
Antilles (y compris)—			
La Jamaïque	75 ouest	17	− 5 "
Les îles Turques	75 "	17	− 5 "
La Guiane anglaise	60 "	16	− 4 "
Le Bahama	75 "	17	− 5 "
La Trinité	60 "	16	− 4 "
La Barbade	60 "	16	− 4 "
La Grenade	60 "	16	− 4 "
L'Honduras britannique	90 "	18	− 6 "
Saint-Vincent	60 "	16	− 4 "
Sainte-Lucie	60 "	16	− 4 "
Tabago	60 "	16	− 4 "
Antigoa	60 "	16	− 4 "
Montserrat	60 "	16	− 4 "
Saint-Christophe	60 "	16	− 4 "
Les îles Vierges	60 "	16	− 4 "
La Dominique	60 "	16	− 4 "
Possessions africaines—			
Le Cap de Bonne-Espérance	30 est	10	+ 2 "
Le Bechuanaland	30 "	10	+ 2 "
Le Basutoland	30 "	10	+ 2 "
Le Port-Natal	30 "	10	+ 2 "

POSSESSIONS BRITANNIQUES.—*Fin.*

TABLEAU où sont indiqués les méridiens horaires, etc.—*Fin.*

Pays.	Méridiens horaires.		Heures des fuseaux en avance ou en retard sur l'heure universelle.
	A l'est ou à l'ouest de Greenwich.	Numéros selon la carte.	
Possessions africaines—			
Sierra-Leone....	15 ouest	13	— 1 heure.
La Gambie....	15 "	13	— 1 "
La Côte d'Or.	0 —	12	0 "
Lagos..	0 —	12	0 "
Divers—			
Sainte-Hélène	0 —	12	0 "
Gibraltar .	0 —	12	0 "
Malte.	15 est	11	+ 1 "
Chypre	30 "	10	+ 2 "
Les Bermudes.	60 ouest	16	— 4 "
Les îles Falkland.	60 "	16	— 4 "
Heligoland.	15 est	11	+ 1 "
Aden.	45 "	9	+ 3 "
L'Ascension.	15 ouest	13	— 1 "
L'île Fanning.	150 "	22	—10 "
L'île Maurice.	60 est	8	+ 4 "
Terreneuve.	60 ouest	16	— 4 "

PAYS ETRANGERS.

TABLEAU où sont indiqués, sous les numéros qu'ils portent dans la carte ci-jointe, les méridiens horaires qui serviront à la mesure du temps dans les différents pays, d'après le système des fuseaux horaires.

A la dernière colonne sont indiquées les différences entre les heures des fuseaux et l'heure universelle. Le signe *plus* marque que l'heure du fuseau est en avance sur l'heure universelle, et le signe *moins*, qu'elle est en retard.

Pays.	Méridiens horaires.		Heures.
La République Argentine.	60 ouest	16	— 4 heures.
L'Autriche-Hongrie.	15 est	11	+ 1 "
La Belgique.	0 —	12	0 "
La Bolivie.	60 ouest	16	— 4 "
Le Brésil.	45 "	15	— 3 "
do	60 "	16	— 4 "
La Bulgarie.	30 est	10	+ 2 "
Costa-Rica.	90 ouest	18	— 6 "
Le Chili.	75 "	17	— 5 "
La Chine.	120 est	4	+ 8 "
do	105 "	5	+ 7 "
La Colombie.	75 ouest	17	— 5 "
Le Congo.	15 est	11	+ 1 "
Le Danemark.	15 "	11	+ 1 "
Saint-Domingue.	75 ouest	17	— 5 "
L'Egypte.	30 est	10	+ 2 "
La France.	0 —	12	0 "
L'Allemagne.	15 est	11	+ 1 "
La Grèce.	30 "	10	+ 2 "
Hawaii	150 ouest	22	—10 "
L'Honduras.	90 "	18	— 6 "
Hayti.	75 "	17	— 5 "
L'Italie	15 est	11	+ 1 "
Le Japon.	135 "	3	+ 9 "
Le Mexique.	105 ouest	19	— 7 "
Les Pays-Bas.	0 —	12	0 "
Le Nicaragua	90 ouest	18	— 6 "
La Norvège.	15 est	11	+ 1 "
Le Paraguay.	60 ouest	16	— 4 "
La Perse.	60 est	8	+ 4 "

PAYS ETRANGERS—*Fin.*

TABLEAU où sont indiqués les méridiens horaires, etc.—*Fin.*

Pays.	Méridiens horaires.		Heures des fuseaux en avance ou en retard sur l'heure universelle.
	A l'est ou à l'ouest de Green-wich.	Numéros selon la carte.	
Le Pérou......	75 ouest	17	– 5 heures.
La Roumanie	30 est	10	+ 2 "
Le royaume de Siam...	105 "	5	÷ 7 "
La Servie..........	30 "	10	÷ 2 "
L'Espagne ...	0 —	12	0 "
La Suède.........	15 est	11	÷ 1 "
La Suisse..........	15 "	11	÷ 1 "
La Turquie...	30 "	10	÷ 2 "
La Russie d'Europe....	45 "	9	+ 3 "
"	30 "	10	÷ 2 "
La Russie d'Asie.	165 "	1	+11 "
"	150 "	2	+10 "
"	135 "	3	+ 9 "
"	120 "	4	+ 8 "
"	105 "	5	+ 7 "
"	90 "	6	+ 6 "
"	75 "	7	+ 5 "
"	60 "	8	÷ 4 "
L'Uruguay	60 ouest	16	– 4 "
Les Etats-Unis.........	75 "	17	– 5 "
"	90 "	18	– 6 "
"	105 "	19	– 7 "
"	120 "	20	– 8 "
L'Alaska...'.	135 "	21	– 9 "
"	150 "	22	–10 "
Le Vénézuéla.....	60 "	16	– 4 "

N° 2.

RAPPORT DU DIRECTEUR DU SERVICE MÉTÉOROLOGIQUE SUR LES DOCUMENTS RELATIFS À LA MESURE DU TEMPS COMMUNIQUÉS PAR LE GOUVERNEMENT IMPÉRIAL.

BUREAU DU SERVICE MÉTÉOROLOGIQUE,

TORONTO, 17 décembre 1890.

MONSIEUR,—J'ai l'honneur d'accuser réception de votre lettre du 9 courant, par laquelle vous me communiquez une dépêche de lord Knutsford à Son Excellence le gouverneur général, avec copie d'une lettre du département des sciences et des arts, accompagnée d'un exemplaire du mémoire de M. Sandford Fleming sur l'unification des heures, ainsi que d'une carte y jointe,—et dans laquelle vous me demandez un rapport sur le sujet.

J'ai l'honneur de faire rapport que, le 4 décembre 1889, le *Canadian Institute* adressa au gouverneur général une lettre accompagnée d'un mémoire préparé par M. Sandford Fleming à la date du 20 novembre 1889. Les documents que vous m'avez communiqués établissent que ce mémoire a été soumis à une commission composée de l'astronome royal, du professeur J. G. Adams, du lieutenant général R. Stratchey, du Dr Hind, directeur du *Nautical Almanac Office*; de l'hydrographe de la marine et du major général Donnelly; et que cette commission a recommandé que des exemplaires de ce mémoire et de cette carte soient envoyés aux gouverneurs des colonies de Sa Majesté.

A la dernière session du parlement un membre ne formant pas partie du ministère a présenté, en conformité d'une pétition du *Canadian Institute et al*, un bill à l'effet de permettre et rendre légal le nouveau mode de mesurer le temps; mais la question étant peu comprise, ce bill a été retiré. Aujourd'hui que les principes du système sont exposés dans un mémoire approuvé par les plus hautes autorités du service impérial, et que le gouvernement impérial a jugé à propos d'attirer l'attention du gouvernement canadien sur la question, je recommande respectueusement qu'un projet de loi comme celui qui a été présenté à la dernière session soit présenté de nouveau, mais cette fois comme mesure ministérielle. Cette loi ne rendrait pas obligatoire l'usage du nouveau système horaire, mais ne ferait que le définir et le sanctionner.

J'ai l'honneur d'être, monsieur,
Votre très obéissant serviteur,
CHARLES CARPMAEL,
Directeur.

A M. Wm Smith,
Député du ministre de la marine, Ottawa.

N° 3.
BILL PRÉSENTÉ AU SÉNAT CANADIEN.
1890.

Acte concernant la mesure du temps.

(Réimprimé avec les amendements proposés en comité.)

CONSIDÉRANT que, sur l'invitation du Président et du Congrès des **Préambule.** États-Unis d'Amérique, une conférence internationale, comprenant des délégations officielles de vingt-cinq pays et où le Canada était dûment représenté, s'est tenue à Washington, en 1884, pour établir certains principes où règles d'après lesquels on pût instituer un système universel pour le calcul du temps; considérant que cette conférence, après mûre délibération, a unanimement adopté des résolutions codifiant les principes que toutes les nations devraient suivre pour la mesure et la notation du temps, et a recommandé le méridien de l'observatoire royal de Greenwich, Angleterre, comme maître méridien, pour la détermination du zéro horaire; considérant que le système de méridiens horaires, communément dit *Standard Time* (Temps étalon), dont l'usage est devenu général en Canada, et la numération des heures de 0 à 24, usitée dans le service tant des chemins de fer appartenant au gouvernement du Canada que du chemin de fer Canadien du Pacifique, entre le lac Supérieur et Vancouver, sont en accord avec les résolutions et recommandations de la conférence internationale susmentionnée; considérant qu'il a été présenté des pétitions au Parlement, où l'on demande, dans l'intérêt public général, qu'il ratifie et sanctionne ces réformes pour la mesure et la notation du temps; et considérant que, depuis l'adoption générale en Canada du mode de compter le temps connu sous le nom de *Standard Time* il s'est élevé des doutes sur le point de savoir quelle mesure du temps a force de loi, et qu'il importe de les faire disparaître: à ces causes, Sa Majesté, par et avec l'avis et consentement du Sénat et de la Chambre des Communes du Canada, décrète ce qui suit:—

1. En tant qu'elle peut être déterminée et contrôlée par le Parlement, **Comment se** la manière de compter le temps, dans tout le Canada, sera réglée **comptera le temps.** d'après le système des méridiens horaires, communément dit *Standard Time*; le système des méridiens horaires, dans tout le Canada, aura **Système des méridiens** pour base le maître méridien passant par l'observatoire royal de **horaires.** Greenwich; et la mesure du temps, dans tout le Canada, sera en concordance avec celle du temps civil à Greenwich, à l'exception seulement du

Les heures se mesureront suivant le temps de Greenwich.

commencement du jour et de la numération des heures, pour lesquels on observera les dispositions ci-après ; à tous autres égards, les divisions et subdivisions du jour en heures, minutes et secondes, en Canada, seront synchroniques avec les divisions et subdivisions du jour à Greenwich.

Numération des heures.

2. Le commencement du jour et la numération des heures dans les provinces et territoires ci-dessous du Canada, différeront comme il suit du commencement du jour civil à Greenwich, et de la numération des heures civiles de Greenwich :—

Ile du P.-E. et Nouvelle-Ecosse.

(a) Dans l'Ile du Prince-Edouard et la Nouvelle-Ecosse, ils seront de quatre heures en retard sur le temps civil compté à Greenwich, c'est-à-dire que lorsque l'aiguille sera sur le point de quatre heures du matin à Greenwich, le jour commencera par toute l'Ile du Prince-Edouard et toute la Nouvelle-Ecosse, et que lorsqu'elle sera sur le point de midi à Greenwich, il sera huit heures par toute l'Ile du Prince-Edouard et toute la Nouvelle-Ecosse ;

N. Brunswick, Québec et Ontario.

(b) Dans les provinces du Nouveau-Brunswick, de Québec et d'Ontario, le commencement du jour et la numération des heures seront de cinq heures en retard sur le temps civil compté à Greenwich ;

Manitoba.

(c) Au Manitoba, ils seront de six heures en retard sur le temps civil compté à Greenwich ;

Assiniboïa et Saskatchewan.

(d) Dans l'Assiniboïa et la Saskatchewan, ils seront de sept heures en retard sur le temps civil compté à Greenwich ;

Alberta, Athabaska et Colombie-Britannique.

(e) Dans l'Alberta, l'Athabaska et la Colombie-Britannique, ils seront de huit heures en retard sur le temps civil compté à Greenwich.

Les heures pourront être comptées successivement de 1 à 24.

3. Les heures du jour pourront, dans toute province ou tout territoire ci-dessus, se compter de minuit à minuit, par une numération suivie de 0 à 24 ; et ce mode d'expression horaire, communément appelé "notation par vingt-quatre heures," aura même force et effet que l'ancien système de numération en deux séries de douze heures chacune, comptées de minuit à midi et de midi à minuit, sous la désignation respective d'heures du matin (*ante meridiem*) et d'heures du soir (*post meridiem*).

Le Gouverneur en conseil pourra faire des règlements pour les autres territoires.

4. Le Gouverneur en conseil pourra, à toute époque, faire tels règlements, non contraires au présent Acte, qu'il jugera à propos, sur les matières se rattachant au mode de diviser et compter le temps dans toute partie du Canada qui n'est pas dénommée à l'article deux de cet Acte.

Le Gouverneur en conseil pourra faire certains changements pour satisfaire aux convenances de certains endroits.

5. S'il est prouvé à la satisfaction du Gouverneur en conseil qu'il serait avantageux ou commode, pour les habitants d'une province ou d'un territoire, ou d'une partie d'une province ou d'un territoire, d'avoir le commencement du jour et la numération des heures, dans cette province, territoire, ou partie de province ou de territoire, déterminés autrement qu'il n'est spécifié dans l'article deux du présent Acte, le Gouverneur en conseil pourra faire tel changement qu'il jugera à propos, et fixer la date à laquelle ce changement entrera en vigueur ; et ce changement aura lieu, à la suite d'une proclamation dans la *Gazette du Canada*, à compter de la date fixée pour cet effet.

6. Toutes les fois que l'exécution ou l'inexécution d'une chose à un certain temps du jour, ou pendant une certaine durée du jour, pourra avoir quelque effet en droit, ce temps ou durée sera compté ou déterminé conformément aux prescriptions du présent Acte.

7. Cet Acte pourra être cité sous le titre : *Acte de 1890 sur la mesure* Titre abrégé. *du temps.*

8. Il entrera en vigueur le premier jour de juillet, A.D. 1891.

N° 4.

PÉTITION DU *CANADIAN INSTITUTE*, DU MAIRE, DU CONSEIL DE VILLE ET DES CITOYENS DE TORONTO.

A l'honorable Sénat du Canada assemblé en parlement :—

La pétition des soussignés—le président et les membres du *Canadian Institute*, Toronto ; le maire et le conseil de ville de la ville de Toronto ; la chambre de commerce de Toronto ; la commission du port ; et autres citoyens de Toronto—

REPRÉSENTE HUMBLEMENT :

Que l'établissement des chemins de fer et des télégraphes a développé des imperfections dans les modes ordinaires de mesurer le temps, et que pendant les dix dernières années il a été fait des efforts pour faire disparaître les difficultés qui se sont ainsi manifestées.

Que la recherche des moyens de porter remède à la confusion qui en résulte et qui engendre des embarras et occasionne des dangers, a sérieusement occupé nombre de corps scientifiques et de savants en Europe et en Amérique.

Qu'une conférence internationale a eu lieu à Washington en 1884 pour la discussion de la question. Que cette conférence était composée de représentants dûment accrédités des gouvernements de vingt-cinq nations, et qu'après des débats prolongés dans une suite de séances qui ont occupé une période de plus d'un mois, cette conférence a adopté à l'unanimité des résolutions dans lesquelles sont formulés les principes sur lesquels reposent les remèdes à apporter aux difficultés.

Que le système des fuseaux horaires (communément dit *Standard Time*) et la notation par 24 heures, sont basés sur les résolutions de la conférence de Washington. Et que partout où ces systèmes ont été mis en pratique, il en est résulté un grand avantage pour le public.

Que les améliorations apportées dans le mode de mesurer et de compter le temps et leur application à la vie journalière, n'ont pas encore été rendues légales, et que l'intérêt public demande qu'elles le soient.

A ces causes, vos pétitionnaires prient humblement que la notation par 24 heures et le système des fuseaux horaires (communément dit *Standard Time*) soient sanctionnés et permis par la loi par tout le Canada.

Et vos pétitionnaires ne cesseront de prier.

CHAS. CARPMAEL,
    Président du *Canadian Institute.*
F. B. BROWNING,
    Vice-président   "
ALAN MACDOUGALL,
    Secrétaire   "
E. F. CLARK,
    Maire de Toronto.
JNO. BLEVINS,
    Greffier de la ville, Toronto.
JOHN J. DAVIDSON,
    Prés. chambre de commerce, Toronto.
EDGAR A. HILL,
    Secrétaire   "
CHARLES B. LEE,
    Président, Commission du port.
BRYANT BALDWIN,
    Maître du port.

L. J. CLARK,
A. MORRISON,
ALEX. MARLING,
GEO. D. SIMPSON,
J. B. WILLIAMS,
H. R. FAIRCLOUGH,
J. DAVIS BARNETT,
JAMES BAIN, jeune,
O. MOWAT,

A. F. CHAMBERLAIN,
GEO. MURRAY,
ROBT. F. SCOTT,
THOMAS LANGTON,
G. B. ABOUT,
ROBERT YOUNG et autres.

N° 5.

CONFÉRENCE DE WASHINGTON, 1884.

Dépêches *circulaires du département d'Etat, à Washington, relatives à la convocation d'une conférence internationale, pour déterminer un zéro commun pour les longitudes et une norme universelle pour la mesure du temps.*

Département d'État, Washington, 23 octobre 1882.

Monsieur,—Le président a ratifié, le 3 août dernier, une loi votée par le Congrès, dont voici la teneur :

" Le Sénat et la Chambre des représentants des Etats-Unis d'Amérique, réunis en Congrès, arrêtent ce qui suit : Le président des Etats-Unis est autorisé et invité à envoyer aux gouvernements de toutes les nations avec lesquelles nous entretenons des relations diplomatiques, une invitation de nommer des délégués pour se joindre à des délégués des Etats-Unis, dans la ville de Washington, à telle époque qu'il jugera convenable de désigner, à l'effet de déterminer un méridien pouvant servir de zéro commun pour les longitudes et l'heure universelle sur tout le globe, et le président est autorisé à nommer des délégués, dont le nombre ne doit pas dépasser trois, pour représenter les Etats-Unis à cette conférence internationale.

Je juge à propos de constater qu'en l'absence d'une norme commune et acceptée pour la computation du temps pour des objets non astronomiques, on éprouve des embarras dans les affaires ordinaires du commerce moderne, que cet embarras se fait sentir surtout depuis que l'extension des communications par télégraphes et chemins de fer a réuni des états et des continents qui se servent d'heures absolument différentes, que la question d'un maître méridien est discutée depuis des années dans ce pays-ci et en Europe par des sociétés commerciales et des corps savants, que le besoin de l'adoption générale d'une heure normale est reconnu ; et qu'on a accueilli favorablement, surtout au sein des conférences dernièrement tenues en Europe, l'idée que, la république des Etats-Unis ayant une étendue longitudinale plus ample que celle d'aucun autre pays traversé par des chemins de fer et des lignes télégraphiques, il est convenable que l'initiative pour la convocation d'une conférence international soit prise par son gouvernement.

Le président, quoiqu'il ne doute pas du bien qui doit résulter ultérieurement de l'introduction d'une heure universelle, est néanmoins d'avis que l'effort qu'il convient de faire maintenant doit avoir pour but d'arriver, au moyen de la consultation, à une décision relativement à la désirabilité de convoquer un congrès international pour l'adoption d'un maître méridien. Il s'abstient donc d'inviter les gouvernements à envoyer des délégués à une conférence qui devra se réunir à une époque fixe, jusqu'à ce qu'il ait appris quelles sont les vues des principaux gouvernements du monde sur la désirabilité d'une telle conférence internationale.

Je suis donc chargé par le président de vous prier d'appeler sur cette question l'attention du gouvernement de———, par l'intermédiaire de son ministre des affaires étrangères, afin de savoir si son appréciation du bien qui doit résulter pour le commerce intime des peuples civilisés de la considération et de l'adoption de l'heure universelle proposée, s'accorde assez avec celle du gouvernement des Etats-Unis pour qu'il soit disposé à accepter une invitation à prendre part à une conférence internationale qui pourrait être convoquée à une époque future peu éloignée.

Vous pouvez laisser copie de la présente dépêche entre les mains du ministre des affaires étrangères, et l'inviter à vous faire connaître, le plus tôt possible, les vues de son gouvernement sur cette question.

Je suis, monsieur, votre obéissant serviteur,

FRED'K T. FRELINGHUYSEN.

Département d'État, Washington, le 1er décembre 1888.

Monsieur,—Par ma dépêche circulaire datée du 23 octobre 1882, vous avez reçu communication du texte d'une loi du Congrès ratifiée le 3 août 1882, par laquelle le président des États-Unis est prié d'inviter les autres gouvernements à nommer des délégués pour se réunir à la ville de Washington, afin de s'occuper du choix d'un maître méridien et de l'introduction d'une heure universelle, et vous avez été chargé d'appeler sur ce sujet l'attention du gouvernement auquel vous êtes accrédité, et de lui faire savoir que le président jugeait à propos de ne pas faire, formellement, l'invitation en question, avant d'avoir appris, au moyen d'une consultation préalable, les vues des principaux gouvernements du monde sur la désirabilité de convoquer une telle conférence internationale.

Dans le courant de l'année qui vient de s'écouler, le gouvernement des États-Unis a été informé par la plupart de ceux avec lesquels il a des relations diplomatiques, qu'ils approuvent le projet, tandis que plusieurs lui ont fait savoir qu'ils accepteront l'invitation et qu'ils ont même nommé leurs délégués.

Outre cet accueil de la proposition ainsi faite, la conférence géodésique qui s'est réunie à Rome au mois d'octobre dernier, a témoigné son intérêt dans la réforme projetée, en exprimant son avis en faveur de l'adoption du méridien de Greenwich comme zéro commun pour les longitudes, et s'est ajournée en laissant à la conférence de Washington le soin de discuter cette question et d'adopter définitivement le méridien susmentionné, ou bien un autre qui y soit équivalent, et, en même temps, la rédaction des règles en conformité desquelles cette adoption doit avoir lieu.

Le président est par conséquent d'avis que le moment est arrivé maintenant pour convoquer la conférence dont il est question dans ma susdite dépêche circulaire du 23 octobre 1882. Je suis donc chargé par le président de vous prier d'inviter le gouvernement de———, par l'intermédiaire de son ministre des affaires étrangères, à se faire représenter par un ou plusieurs délégués (dont le nombre ne doit pas dépasser trois) chargés de se réunir avec les délégués des États-Unis et des autres nations, dans une conférence qui doit s'assembler à Washington, le 1er octobre 1884, afin de discuter les points indiqués, et, s'il est possible, de faire choix d'un maître méridien qui pourra servir de zéro commun pour les longitudes et de type pour l'heure universelle.

Vous chercherez au plus tôt l'occasion d'appeler sur cette invitation l'attention du ministre des affaires étrangères, en lui donnant copie de la présente dépêche, et en le priant de faire connaître la réponse de son gouvernement.

Je suis, monsieur, votre obéissant serviteur,

FRED'K T. FRELINGHUYSEN.

RÉSOLUTIONS adoptées par la conférence internationnale, en différentes séances, du 1er au 22 octobre 1884, et confirmées par acte final le 22 octobre.

I. "Le congrès est d'avis qu'il est désirable d'adopter un méridien initial unique pour toutes les nations, aux lieu et place des méridiens multiples qui existent actuellement."

La résolution fut adoptée à l'unanimité.

II. "La conférence propose aux gouvernements ici représentés d'adopter le méridien passant par le centre de l'instrument méridien de l'observatoire de Greenwich comme méridien fondamental pour les longtitudes."

Ont voté pour :

Allemagne,	Guatémala,	Pays-Bas,
Autriche-Hongrie,	Hawaï,	Russie,
Chili,	Italie,	Salvador,
Colombie,	Japon,	Suède,
Costa-Rica,	Libérie,	Suisse,
Espagne,	Mexique,	Turquie,
États-Unis,	Paraguay,	Vénézuéla.
Grande-Bretagne,		

Ont voté contre :

Saint-Domingue.

Se sont abstenus :

Brésil,   France.

Oui, 22 ; non, 1 ; abstentions, 2.

III. "A partir de ce méridien la longitude sera comptée dans deux directions jusqu'à 180 degrés ; la longitude est sera dénommée plus et la longitude ouest moins."

Ont voté pour :

Chili,	Guatémala,	Paraguay,
Colombie,	Hawaï,	Russie,
Costa-Rica,	Japon,	Salvador,
Etats-Unis,	Libérie,	Vénézuéla.
Grande-Bretagne,	Mexique,	

Ont voté contre :

Espagne,	Pays-Bas,	Suisse.
Italie,	Suède,	

Se sont abstenus :

Allemagne,	Brésil,	Saint-Domingue,
Autriche-Hongrie,	France,	Turquie.

Oui, 14 ; non, 5 ; abstentions, 6.

IV. "La conférence propose l'adoption d'une heure universelle pour tous les besoins pour lesquels elle peut être trouvée convenable ; cette heure ne devra pas empêcher l'usage de l'heure locale ou d'une autre heure normale, qui paraîtrait désirable."

Ont voté pour :

Autriche-Hongrie,	Grande-Bretagne,	Pays-Bas,
Brésil,	Guatémala,	Russie,
Chili,	Hawaï,	Salvador,
Colombie,	Italie,	Suède,
Costa-Rica,	Japon,	Suisse,
Espagne,	Libérie,	Turquie,
Etats-Unis,	Mexique,	Vénézuéla.
France,	Paraguay,	

Se sont abstenus :

Allemagne,   Saint-Domingue.

Oui, 23 ; abstentions, 2.

V. "Le jour universel doit être un jour solaire moyen. Il devra commencer pour le monde entier à partir de minuit moyen du premier méridien, coïncidant avec le commencement du jour civil et le changement de date sur ce méridien. Ce jour devra être compté de zéro à vingt-quatre heures."

Ont voté pour :

Brésil,	Grande-Bretagne,	Mexique,
Chili,	Guatémala,	Paraguay,
Colombie,	Hawaï,	Russie,
Costa-Rica,	Japon,	Turquie,
Etats-Unis,	Libérie,	Vénézuéla.

Ont voté contre :

Autriche-Hongrie,   Espagne.

Se sont abstenus :

Allemagne,　　　　　Pays-Bas,　　　　　Suède,
France,　　　　　　　Saint-Domingue,　　Suisse.
Italie,

Oui, 15 ; non, 2 ; abstentions, 7.

VI. "La conférence émet le vœu qu'on fasse commencer les dates astronomiques et nautiques dans le monde entier à minuit moyen aussitôt que faire se pourra."

La résolution fut votée sans vote nominal.

VII. "La conférence émet le vœu que les études techniques destinées à régler et à étendre l'application du système décimal à la division des angles et du temps soient reprises de manière à permettre l'extension de cette application pour les cas où elle présente de réels avantages."

Ont voté pour :

Autriche-Hongrie,　　France,　　　　　　Paraguay, .
Brésil,　　　　　　　Grande-Bretagne,　　Pays-Bas,
Chili,　　　　　　　　Hawaï,　　　　　　　Russie,.
Colombie,　　　　　　Italie,　　　　　　　Saint-Domingue, .
Costa-Rica,　　　　　Japon,　　　　　　　Suisse,
Espagne,　　　　　　Libérie,　　　　　　Turquie,
Etats-Unis,　　　　　Mexique,　　　　　　Vénézuéla.

Se sont abstenus :

Allemagne,　　　　　Guatémala,　　　　　Suède.

Oui, 21 ; abstentions, 3.

Fait à Washington le 22 octobre 1884.

(Signé,)　　　　C. R. P. RODGERS, *président.*
　　　　　　　　R. STRACHEY,
　　　　　　　　J. JANSSEN,
　　　　　　　　L. CRULS, *secrétaires.*

N° 6.

BILL PRÉSENTÉ AU CONGRÈS DES ÉTATS-UNIS.

Au Sénat, 16 janvier 1891.

M. EVARTS présente le bill suivant, qui subit deux lectures et est référé à la commission des affaires judiciaires.

BILL

Concernant la mesure du temps aux Etats-Unis.

Attendu qu'une loi a été votée, en 1882, autorisant le président des Etats-Unis à convoquer une conférence internationale pour déterminer et recommander à l'adoption universelle un maître méridien pour servir à compter les longitudes et pour calculer le temps pour toute la terre ; et

Attendu qu'en exécution de ladite loi, une conférence s'est réunie à Washington, en 1884, à laquelle vingt-six nations étaient représentées par des délégués dûment autorisés ; et

Attendu que ladite conférence, après une délibération approfondie, a voté, avec une unanimité pour ainsi dire complète, des résolutions codifiant les principes qui doivent régir la mesure et la notation du temps, et recommandé comme maître méridien pour toutes les nations, le méridien passant par l'observatoire de Greenwich, en Angleterre ; et

44—2

Attendu que le système de méridiens horaires, communément appelé *Standard Time*, actuellement d'un usage général aux Etats-Unis, est d'accord avec les dites résolutions, et est basé sur le dit maître méridien comme méridien fondamental et a été reconnu être d'un grand avantage pour le commerce entre Etats ; et

Attendu que depuis l'adoption générale dans tous les Etats-Unis du mode de compter le temps connu sous le nom de *Standard Time* des doutes ont surgi, relativement à la question de savoir quel système de compter le temps a force de loi, et qu'il est utile de supprimer tout doute à cet égard. Pour ce motif :

Plaise au Sénat et à la Chambre des représentants des Etats-Unis d'Amérique, assemblés en Congrès, de décider :—

Art. 1. Que le temps dans tout le territoire des Etats-Unis sera compté d'accord avec le système de méridiens horaires communément appelé *Standard Time*, et que le maître méridien recommandé par la conférence internationale de Washington de 1884, sera le méridien fondamental pour calculer le temps ; et que les méridiens qui sont des multiples de 15° à partir de ce maître méridien seront les méridiens horaires d'après lesquels le temps local sera réglé ; et que le calcul du temps, dans tout le territoire des Etats-Unis, sera en concordance avec le calcul du temps civil sur le maître méridien, sauf seulement en ce qui concerne le commencement du jour et la notation des heures, laquelle sera conforme à ce qui est disposé ci-après ; sous tous les autres rapports, la division et la sous-division du jour en heures, minutes et secondes, seront dans tout le territoire des Etats-Unis synchroniques avec les divisions et les sous-divisions du jour sur le maître méridien.

Art. 2. Que le commencement du jour et la notation des heures dans les différents fuseaux horaires (*time sections*) des Etats-Unis différeront du commencement du jour civil sur le maître méridien comme suit :

(*a*) Dans le fuseau horaire dans lequel le calcul du temps est régi par le méridien horaire n° 17, qui est à 75° longitude ouest, le temps calculé sera cinq heures en retard sur celui du maître méridien ;

(*b*) Dans le fuseau horaire dans lequel le calcul du temps est régi par le méridien horaire n° 18, qui est à 90° longitude ouest, le temps calculé sera six heures en retard sur celui du maître méridien ;

(*c*) Dans le fuseau horaire dans lequel le calcul du temps est régi par le méridien horaire n° 19, qui est à 105° longitude ouest, le temps calculé sera sept heures en retard sur celui du maître méridien ;

(*d*) Dans le fuseau horaire dans lequel le calcul du temps est régi par le méridien horaire n° 20, qui est à 120° longitude ouest, le temps calculé sera huit heures en retard sur celui du maître méridien.

Art. 3. Que les fuseaux horaires dont il est question à l'article 2 de la présente loi, embrassent la contrée contiguë de chaque côté aux méridiens horaires qui y sont mentionnés, mais il sera loisible aux autorités constituées de tout Etat, de toute cité, ville ou village constitués en corporations, d'adopter par l'intermédiaire du commissaire ou de la cour du comté, tel méridien horaire qui leur paraîtra plus commode pour le calcul de l'heure, et ce méridien horaire sera légal et reconnu par les cours et fonctionnaires publics des Etats-Unis; et le temps pour les actes judiciaires, municipaux, d'enregistrement ou autres, devra, dans toute localité, à moins qu'il ne soit spécifié autrement, être conservé conforme à la manière de calculer ainsi adoptée et communément en usage chez les habitants de cette localité.

Art. 4. Que les heures du jour pourront, dans toute localité, être comptées en une série unique de nombres allant de zéro à vingt-quatre, et que cette manière de désigner les heures, communément appelée "notation par vingt-quatre heures," sera valide tout autant que celle d'après laquelle les heures sont comptées en deux séries de douze heures chacune, qu'on distingue en heures du matin (*ante meridiem*) et en heures du soir (*post meridiem*).

Art. 5. La présente loi entrera en vigueur le · de l'année du Seigneur 1891.

N° 7.

RAPPORT ANNUEL DE LA COMMISSION SPÉCIALE DE L'HEURE UNIVERSELLE.

SOCIÉTÉ AMÉRICAINE DES INGÉNIEURS CIVILS.

Présenté le 21 janvier 1891.

La commission spéciale de l'heure universelle a l'honneur de faire le rapport suivant :—

Le dernier rapport annuel de la commission attirait l'attention de la société sur ce que le gouvernement des Etats-Unis n'avait pris aucune mesure pour donner suite aux résolutions et recommandations de la conférence internationale de Washington de 1884, et il faisait remarquer qu'attendu que l'heure dite *Standard Time* ou système des fuseaux horaires, si universellement adoptée dans la vie civile dans l'Amérique du Nord, est en parfaite harmonie avec les résolutions de la conférence, il serait dans l'intérêt du public de faire reconnaître les recommandations de la conférence par acte du Congrès. L'assemblée annuelle ayant donné son adhésion aux recommandations de la commission, il a été considéré à propos de faire un relevé des opinions des membres en général. En conséquence le conseil des directeurs a soumis au scrutin par lettre un projet de mémoire à adresser au gouvernement des Etats-Unis, à l'effet de représenter :—

1° Que cette société est d'avis qu'il serait de l'intérêt général des Etats-Unis d'accepter formellement les résolutions de la conférence internationale qui s'est tenue à Washington en 1884.

2° Que cette société est d'avis qu'il serait de l'intérêt général de rendre légal, par acte du Congrès, le système aujourd'hui répandu de régler le calcul du temps par méridiens à intervalles d'une heure.

3° Que cette société est d'avis qu'il serait de l'intérêt général d'introduire dans un acte du Congrès un article facultatif, autorisant et rendant légal l'usage de la notation par 24 heures.

Le mémoire fut adopté au scrutin par lettre, le 5 mars dernier, par 226 voix affirmatives contre 7 négatives, la majorité étant de 219 pour l'affirmative. Le mémoire a depuis été régulièrement envoyé à Washington et présenté au président des Etats-Unis et aux deux chambres. Un bill a été en conséquence préparé en conformité des termes du mémoire, et a été présenté et référé à des commissions dans les deux chambres. Un exemplaire imprimé du bill présenté au Sénat est joint au présent rapport.

A la dernière assemblée annuelle la commission soumit un état détaillé établissant que la majorité des administrateurs de chemins de fer aux Etats-Unis et au Canada étaient en faveur de la notation par 24 heures. On a depuis lors reçu de nouvelles adhésions, et la commission est aujourd'hui en mesure de rapporter que la totalité des officiers de chemins de fer qui ont communiqué directement avec la société et approuvé le changement se compose comme suit, savoir :

1. Présidents, vice-présidents et administrateurs généraux.... 135
2. Surintendants généraux................................. 77
3. Surintendants... 114
4. Directeurs généraux du service de transport............ 12
5. Ingénieurs.. 65

Total.. 403

La longueur collective des voies ferrées représentées par ces officiers est estimée à environ 140,000 milles. Au présent rapport est joint une liste des administrateurs de chemins de fer qui jusqu'à ce jour se sont déclarés en faveur de la nouvelle notation des heures.

44—2½

De ces faits il découle que la proposition d'adopter la notation par 24 heures pour le service des chemins de fer de ce continent rencontre l'approbation générale; et il est évident que pour effectuer ce changement désiré, ce qu'il y a à faire par ceux qui sont responsables de l'administration du service des chemins de fer du pays, est de s'entendre pour agir de concert et déterminer une date à laquelle la nouvelle notation pourra devenir d'un usage général pour les chemins de fer. La commission recommande donc respectueusement que cette société signale formellement à l'attention de la Convention générale des heures et à la Chambre des présidents de chemins de fer, à leurs prochaines assemblées périodiques, la question de ce changement, en même temps que la preuve de la grande unanimité d'opinion qui règne à ce sujet.

Différents intérêts dans la vie civile commencent à reconnaître les avantages de la notation par vingt-quatre heures. Dans les hôpitaux, par exemple, le nouveau système s'introduit graduellement, parce qu'il est de nature à empêcher des erreurs dans l'administration des médicaments, dans la notation des températures, et autres services; il en est de même dans les tables barométriques et la notation des indications météorologiques; à dire vrai, dans les choses où la simplicité de système et l'exactitude sont essentielles, la nouvelle notation entre spontanément en usage en maints endroits. L'almanach canadien a déjà depuis deux ou trois ans remplacé l'ancienne notation par la nouvelle. C'est cependant dans le service des chemins de fer qu'on peut surtout compter sur l'introduction générale de la notation de 24 heures, et la commission ne peut douter que lorsque le nouveau système aura été ainsi mis en usage, l'intelligence du public approuvera le changement; témoin, la facilité avec laquelle on a accepté l'heure conventionnelle basée sur le système des fuseaux horaires, aux Etats-Unis et au Canada, aussitôt après son adoption par les chemins de fer. Bien qu'on ne saurait s'attendre à ce que l'usage de la notation par 24 heures se répande aussi rapidement, il y a cependant lieu de croire qu'il finira par régner et devenir universel.

La commission a la satisfaction de rapporter qu'elle a reçu du directeur général pes chemins de fer de l'Inde, une lettre annonçant officiellement que la notation par 24 heures a récemment été mise en usage sur tous les chemins de fer de l'Empire indien, et que c'est en partie en conséquence du succès qui a couronné l'essai du nouveau système, sur quelques-unes des lignes, dans le cours des dernières années, que cette mesure a été adoptée.

La commission a reçu de toutes parts l'assurance la plus positive, que partout où le nouveau système a été adopté dans le service intérieur des chemins de fer, on continue à en être de plus en plus satisfait. L'expérience a démontré que le changement peut être effectué avec la plus grande facilité, sans le moindre danger et sans créer d'irritation nulle part. Lorsque votre commission vous faisait son rapport de l'an dernier, la notation par 24 heures n'était pas en usage sur 4,000 milles de chemins de fer. Aujourd'hui elle a été définitivement adoptée sur une longueur totale de voies ferrées de plus de 20,000 milles.

Depuis quelques années, la réforme de l'heure attire beaucoup l'attention en Autriche-Hongrie, en Allemagne, en Italie, en France et en Belgique, et il y a tout lieu de compter que le système des fuseaux horaires sera avant longtemps adopté par toute l'Europe centrale.

La commission a été mise en possession d'une correspondance officielle qui établit que le gouvernement britannique a pris des mesures dont l'effet sera de favoriser l'adoption générale du système des fuseaux et de la notation par 24 heures par toutes les possessions britanniques. Cette correspondance ne peut guère manquer d'intéresser les membres de cette société, en ce qu'elle nous apprend que la réforme dans le mode de calculer le temps, que la société américaine des ingénieurs civils a si éminemment contribué à mener jusqu'au degré satisfaisant d'avancement où elle est rendue, est approuvée et chaleureusement recommandée par les savants les plus autorisés au service du gouvernement britannique. La commission qui, en Angleterre, s'est si favorablement prononcée sur l'adoption universelle du système des fuseaux horaires et sur la notation par 24 heures, se compose de l'astronome royal, du surintendant du *Nautical Almanac*, de l'hydrographe de l'Amirauté, et du secrétaire du département des Sciences et des Arts, à South Kensington, ainsi que du professeur Adams et du général Strachey, qui, tous deux, étaient au nombre des délégués à la convention de Washington de 1884.

Un mémoire, préparé par un des membres de la commission spéciale de l'heure universelle, et dans lequel sont exposés les principes longtemps préconisés par cette société, a reçu l'adhésion de ces hommes distingués, et a été récemment envoyé par le gouvernement britannique aux autorités de toutes les possessions britanniques du globe, dans le but de faire adopter le système des fuseaux horaires d'une manière générale et la notation par 24 heures dans les horaires des chemins de fer. Il a été pareillement recommandé aux compagnies de chemins de fer d'Angleterre, d'Irlande et d'Ecosse d'adopter la notation par 24 heures. La commission joint à son présent rapport un exemplaire de ce document et de la carte qui l'accompagne.

Avant de terminer son rapport, la commission croit qu'il n'est pas hors de propos de faire remarquer que les membres de cette Société ayant joué un rôle important dans la construction des grandes voies artificielles de commerce sur ce continent, il convenait d'une façon toute particulière que la Société américaine des ingénieurs civils prît une part signalée à la réforme de l'heure, et à un mouvement qui a pour but de rendre le régime des chemins de fer plus parfait, leur administration plus simple, et le service plus sûr pour le public. La commission se croit justifiable de dire que les importants résultats déjà obtenus doivent en grande mesure être attribués à l'adhésion donnée et à la part prise à ce mouvement dès son origine par cette société. Il est évident aussi que les avantages qui doivent en résulter ne seront pas limités aux Etats-Unis, au Canada ou à ce continent; et l'influence humanitaire qu'a eue la Société américaine des ingénieurs civils dans la réalisation d'une réforme si nécessaire, et qui concerne tous les moments de la vie des hommes, finira par être sentie dans tous les pays civilisés.

Cette commission doit son origine à la convention de la Société qui s'est tenue à Montréal au mois de juin 1881. Durant la période de presque dix années qui s'est écoulée depuis lors, les membres de la commission ont fait tous leurs efforts pour mener à fin les instructions qui leur ont été en différents temps données, et ils comptent qu'il leur sera permis d'exprimer la satisfaction qu'ils ressentent des résultats accomplis jusqu'à présent. Il ne reste plus pour terminer les travaux de la commission que l'introduction générale aux Etats-Unis de la notation par 24 heures. On peut raisonnablement compter que cette réforme est maintenant à la veille de se réaliser, sur les chemins de fer des Etats-Unis et du Canada; et comme cette réalisation sera virtuellement l'accomplissement final de l'objet pour lequel la commission a été originairement instituée, elle émet respectueusement l'avis qu'il conviendra alors de la dissoudre.

La commission profite de cette occasion pour exprimer sa plus profonde gratitude pour la confiance qui lui a été invariablement témoignée d'année en année.

Respectueusement soumis,

SANDFORD FLEMING, *président.*
CHARLES PAYNE,
THOMAS EGLESTON,
JOHN M. TOUCEY,
Membres de la commission.

Approuvé,

William P. Shinn, président de la société, membre *ex officio* de la commission.

N° 8.

LE FELD-MARÉCHAL MOLTKE ET LA RÉFORME DU MODE DE MESURER LE TEMPS.

Au rédacteur de l'*Empire,*

MONSIEUR,—Un des derniers discours, sinon le dernier, prononcés par le comte Von Moltke devant le parlement impérial d'Allemagne, portait sur un sujet d'un intérêt particulier pour les Canadiens. Le 16 du mois dernier le vénérable homme d'Etat et soldat a parlé longuement sur la question de l'unification universelle des heures, et s'est prononcé avec force et clarté en faveur du système que nous avons introduit en Canada. Comme les arguments employés par le vénérable et distingué maréchal sont de nature à avoir une influence sur l'opinion publique, non seulement en Europe, mais partout où son nom est connu, ils pourront intéresser vos lecteurs. J'ai la satisfaction de vous transmettre une traduction quelque peu condensée de ce discours.

Bien à vous,

SANDFORD FLEMING.

OTTAWA, 24 avril.

SÉANCE DU PARLEMENT IMPÉRIAL D'ALLEMAGNE DU 16 MARS 1891.

Sur la question de l'adoption d'un rapport du département impérial des chemins de fer, le comte Von Moltke s'exprime en ces termes :

Messieurs, permettez-moi de dire quelques mots sur un sujet qui nous a déjà occupés. Je serai bref, d'autant plus que je suis très enroué, ce dont je vous prie de m'excuser.

Il est généralement reconnu et incontesté qu'une heure unique est indispensable pour le service intérieur des chemins de fer. Mais, messieurs, nous avons en Allemagne cinq différentes heures de chemins de fer. Dans l'Allemagne du Nord, y compris la Saxe, l'heure de Berlin ; en Bavière, l'heure de Munich ; dans le Wurtemberg, l'heure de Stuttgart ; dans le Grand duché de Bade, l'heure de Carlsruhe, et dans le Palatinat du Rhin, l'heure du Ludwigshafen. Nous avons ainsi en Allemagne cinq zones horaires avec tous les inconvénients et les désavantages qui s'en suivent. Voilà pour chez nous ; et que n'avons-nous pas à craindre de rencontrer aux frontières de la France et de la Russie ? Cette relique de l'ancien état de chose qui régnait sur l'Allemagne morcelée, il convient qu'elle disparaisse depuis que nous sommes devenus un empire. (C'est vrai !)

Messieurs, il peut sembler de peu d'importance que le voyageur en chemin de fer ait à chaque station à remettre sa montre à une heure nouvelle, mais cette variété d'heures constitue une difficulté d'une importance vitale dans le service des chemins de fer, surtout quand il est question d'intérêts militaires.

S'il s'agit de mobilisation, toutes les feuilles de route destinées aux troupes doivent être faites d'après les heures en usage dans les différentes localités. Naturellement, les troupes ou les hommes qu'on appelle sous les drapeaux ne peuvent se guider que sur l'heure de leur garnison ou de leur résidence. Les autorités des chemins de fer qui ont à préparer les horaires se trouvent en face de difficultés identiques.

Comme les autorités dans l'Allemagne du Nord ne comptent que par l'heure de Berlin, tous les arrangements et les horaires se font d'après l'heure de Berlin. Ailleurs, c'est également l'heure de la zone que l'on emploie ; et cela devient facilement une source d'erreurs qui, dans leurs conséquences, peuvent être très sérieuses. Des circonstances se présentent qui peuvent grandement accroître encore les difficultés, telles que le changement soudain d'un programme, qu'une interruption de la circulation ou un accident de chemin de fer peut, à un moment donné, rendre nécessaire. Messieurs, il serait d'un grand avantage que l'on pût arriver à l'adoption d'une heure commune à toute l'Allemagne. Pour une pareille unification le méridien 15° long. E. de Greenwich serait entre tous celui à adopter. Ce méridien passe par la Norvège, la Suède, l'Allemagne, l'Autriche et l'Italie. Si l'heure du 15e méridien était adoptée pour toute la zone allemande on aurait à l'extrême frontière est une différence de 31 minutes avec l'heure du lieu, et une différence de 36 minutes à la frontière de l'ouest. De moindres différences ont été facilement acceptées en pratique dans l'Allemagne du Sud, et en Amérique l'écart est quelquefois encore plus grand.

L'unification de l'heure pour les chemins de fer seulement ne saurait faire disparaître tous les inconvénients que j'ai brièvement mentionnés ; ceux-ci ne seront disparus que lorsqu'on aura une heure unique pour toute l'Allemagne, c'est-à-dire lorsque toutes les heures locales auront cessé d'être reconnues.

Contre ce projet toutes sortes de préventions se rencontrent dans le public, et c'est à tort, je crois. A la vérité, les savants de nos observatoires se sont, après mûre étude de la question, prononcés contre cet esprit d'opposition.

Messieurs, la science va plus loin que nous n'allons. Elle ne se contente pas d'une heure unique pour l'Allemagne ou pour le milieu de l'Europe, mais elle demande une heure universelle basée sur le méridien de Greenwich, et elle a certainement tout à fait raison à son point de vue, et eu égard aux buts qu'elle poursuit.

On a craint que l'introduction de cette uniformité de l'heure dans la vie civile ne causât des perturbations, et l'on a particulièrement fait ressortir les inconvénients qui en résulteraient pour les fabriques et les industriels. A ce sujet je me reporte aux discours de notre collègue M. Strumm. Si la différence entre l'heure du 15e degré et celle de quelque autre endroit, disons Neukirchen (29 minutes peut-être) est connue, il ne saurait être difficile de modifier en conséquence les règlements de la fabrique. Si le fabricant veut que ses ouvriers soient, en mars, rendus à la fabrique au lever du soleil, ses règlements peuvent arrêter que le travail commencera à 6 h. 29. Si, pour février, l'heure du commencement des travaux est aujourd'hui de 6 h. 10, les règlements peuvent facilement dire pour l'avenir 6 h. 39, et ainsi de suite.

Maintenant, quel effet le changement proposé aurait-il pour la population rurale ? Le fait est, messieurs, que l'ouvrier agricole ne consulte pas beaucoup l'heure. La plupart du temps il n'a ni horloge ni montre. Il regarde s'il ne fait pas jour; alors il sait que la cloche de la ferme va bientôt donner le signal du commencement de la journée. Quand l'horloge de la ferme ne va pas juste, ce qui est la règle (*Hilarité*), si elle avance d'un quart d'heure, l'ouvrier arrivera certainement au travail un quart d'heure trop tôt, mais il quittera l'ouvrage, d'après la même horloge, c'est-à-dire un quart d'heure avant l'heure, de sorte que la durée du travail sera la même. On ne compte guère à la minute dans la vie pratique. Il est d'usage dans un grand nombre de localités de retarder l'horloge de l'école, afin que les enfants soient là lorsque l'instituteur arrive. De même l'horloge du tribunal est souvent retardée, afin que les parties soient présentes avant l'ouverture de l'audience. Par exemple, dans les villages qui se trouvent près des chemins de fer, on avance généralement l'horloge de quelques minutes, pour que les gens ne laissent pas passer l'heure du train. Et même, messieurs, il n'y a pas jusqu'à cette haute assemblée elle-même qui n'ait son quart d'heure académique, lequel est même parfois quelque peu allongé (*Hilarité*).

On a parlé de la différence entre l'heure solaire et l'heure moyenne. M. le député von Stümm a parfaitement raison lorsqu'il dit que cette différence viendra s'ajouter aux différences qui seront le résultat du système nouveau. Mais, messieurs, ici il faut tenir compte de ce que cette différence est tantôt positive tantôt négative; en réalité elle devra être tantôt ajoutée tantôt retranchée. Et le maximum, de 16 minutes, n'est atteint que quatre jours pendant toute l'année. Messieurs, y a-t-il parmi nous quelqu'un, même celui qui réglerait ponctuellement son existence d'après les indications d'une horloge bien juste, qui ait jamais remarqué qu'il y a pendant un trimestre un jour où il se met à table et se couche jusque 16 minutes trop tôt, et que pendant le trimestre suivant il y a un jour où il le fait 16 minutes trop tard? Je ne le crois pas.

"Messieurs, ce qui me semble prouver que les craintes au sujet de la suppression des heures locales ne sont pas fondées, c'est justement cette circonstance, que la différence, cependant assez considérable, entre l'heure solaire et l'heure moyenne n'est aucunement connue de la masse du public et n'a jamais été ressentie par lui.

"Messieurs, nous ne saurions ici, par un vote ou une décision, établir tout ce que le mouvement en question tend à accomplir. Cela pourra peut-être se faire plus tard au moyen de négociations internationales. Mais je crois que tout cela serait facilité si le Reichstag exprimait sa sympathie pour un principe qui a été mis en vigueur, sans perturbations réelles, en Amérique, en Angleterre, en Suède, en Danemark, en Suisse et dans l'Allemagne du sud." (*Vifs applaudissements.*)

Le rapport du département impérial des chemins de fer est adopté.

L'UNIFICATION DE L'HEURE.—EXTRAIT DE L'*Empire*.

24 avril 1891.

La mort soudaine du général Von Moltke a fourni l'occasion à un correspondant bien connu, M. Sandford Fleming, d'attirer l'attention du public sur un discours remarquable prononcé par le général il y a à peine un mois dans le Reichstag impérial. Il s'agissait de l'unification horaire, et c'était au cours d'une discussion relative à l'adoption, dans l'empire allemand, de la réforme déjà introduite au Canada. Le discours de Von Moltke, dont nous publions une traduction dans une autre colonne, paraît avoir eu une grande influence en Europe ; et l'action de l'Allemagne aura sans doute pour effet de contribuer à généraliser l'adoption du principe dont la réalisation a mis fin à beaucoup de difficultés de ce côté-ci de l'Atlantique. Il reste à cette réforme encore un pas à faire. Il lui reste à être légalisée. De la Nouvelle-Écosse à la Colombie-Britannique, le nouveau système est en pratique ; mais il n'y a pas de loi qui le sanctionne, et des doutes se sont élevés sur la légalité de cette manière de mesurer le temps. Pareille incertitude ne devrait pas exister, et il peut s'en suivre dans des questions de banque, d'administration de la justice, d'enregistrement ou d'élections, des dangers que des hommes de loi peuvent facilement imaginer. Après l'établissement du système adopté par les chemins de fer dans la Grande-Bretagne, la même incertitude s'est manifestée, et il devint nécessaire de passer un acte prescrivant l'usage de l'heure de Greenwich par toute l'Angleterre et l'Écosse. La même nécessité de légaliser le nouveau mode de mesurer le temps s'est fait sentir aux États-Unis. M. Evarts, au Sénat, et M. Howers, à la Chambre des représentants, ont présenté un bill qui deviendra loi à la prochaine session. M. le sénateur MacInnes, de Burlington, a pareillement proposé un bill au parlement lors de sa dernière session, mais celle-ci étant alors avancée, le bill n'a pas dépassé sa deuxième lecture. On nous apprend que ce bill sera présenté de nouveau dans le cours de la prochaine session.

N° 9.

LA SOCIÉTÉ ROYALE DU CANADA AU MINISTRE DE LA MARINE.

UNITÉ CHRONOMÉTRIQUE ET MÉRIDIENS HORAIRES.

SOCIÉTÉ ROYALE DU CANADA, Ottawa, 1er juin 1891.

MONSIEUR,—J'ai l'honneur de vous transmettre de la part de la Société royale du Canada, au sujet de l'heure universelle, et en vue de la mesure législative qu'il y aura à prendre pour le Canada, plusieurs documents, y compris un rapport adopté par la Société à sa dernière réunion annuelle, à Montréal, sur l'unité chronométrique et les méridiens horaires.

J'ai l'honneur d'être,

G. C. W. HOFFMANN,

Secrétaire général.

L'honorable C. H. TUPPER, ministre de la marine.

SOCIÉTÉ ROYALE DU CANADA.

Discours d'ouverture de la section III, prononcé par le président, M. Sandford Fleming, compagnon de l'ordre de Saint-Michel et Saint-George, docteur en droit, membre de l'Institut des ingénieurs civils, membre de la Société de géographie, etc., le 27 mai 1890.

L'UNITÉ CHRONOMÉTRIQUE.

En ouvrant les séances de cette section de la Société royale, je désire attirer votre attention sur un sujet qui n'est pas sans une importance considérable.

Depuis un certain nombre d'années, il s'est fait des deux côtés de l'Atlantique des efforts pour effectuer une réforme dans le calcul du temps. La mesure de succès qu'a obtenue ce mouvement est de nature à surprendre, quand on songe que les changements proposés portent sur les usages de la société, et s'attaquent à des coutumes vieilles de plusieurs siècles.

Avec l'introduction des moyens de communication rapide, ont commencé de nos jours de nouvelles conditions d'existence, différentes de celles qui régnaient auparavant. En effet, jusqu'à il y a quelques années, il semblait tout naturel que des localités séparées par quelques milles de longitude seulement, eussent des heures différentes les unes des autres. Quand l'établissement d'une ligne de chemin de fer eût mis en rapports intimes plusieurs localités, ces différentes prétendues heures locales se trouvèrent une source de confusion pour l'administration ; afin de garantir la vie et la propriété dans le service intérieur du chemin, ainsi que de pourvoir à la commodité du public voyageur, il devint nécessaire d'adopter une heure uniforme, qui fut appelée l'heure du chemin de fer ; c'est-à dire, les différentes heures locales qui régnaient aux nombreux endroits traversés par la ligne furent réduites à une heure unique, commune à tous ces endroits.

A mesure que les chemins de fer se sont multipliés, l'unification de l'heure est devenue de plus en plus indispensable, et on n'a pas tardé à comprendre que les avantages de l'unification seraient proportionnels à l'étendue de territoire où elle régnerait. Finalement il devint clair que l'unification de l'heure pourrait avec avantage s'étendre à tout un continent ou à tout le globe. Et des études démontrèrent qu'aucune loi de la nature ni aucun principe de la science ne s'en trouverait violenté.

La proposition de remplacer les innombrables heures locales par une notation unique, synchronique dans toutes les longitudes, semblait participer de l'utopie. Pour plusieurs c'était une innovation révolutionnaire, parce qu'elle venait en conflit direct avec les coutumes et les habitudes d'esprit que nous tenons de l'antiquité. Quoi qu'il en soit, la vapeur et l'électricité, ces deux puissances qui ont coopéré à de si étonnants changements dans les affaires humaines, ont imposé à notre attention la question de l'heure et de sa notation, et ont rendu nécessaire un nouvel état de choses qui réponde sous ce rapport aux nouvelles conditions de la vie quotidienne.

Si nous nous rendons compte de la nature et des attributs de ce que nous appelons le temps, nous nous apercevons qu'il est totalement indépendant des corps et ne tombe aucunement sous l'influence de l'espace ou de la distance ; qu'il n'est nullement affecté par les lieux ; que c'est essentiellement une unité absolue ; que deux temps ne sauraient coexister, et que le temps ne saurait être divisé en deux parties constituant des entités distinctes, comme peuvent être divisées les choses matérielles. Si cette idée du temps est vraie, il ne saurait y avoir de base à la théorie de temps locaux. On peut donc écarter les usages ordinaires basés sur cette théorie comme n'ayant pas de raison d'être, et dès lors devient possible pour le calcul du temps un système uniforme s'étendant à tout le globe.

C'est d'à peu près quatorze ans que date le premier effort fait pour introduire en cela une réforme de nature à répondre aux besoins de notre âge. Quelque fût le système qui serait finalement adopté, il fut admis qu'il devait être basé sur le principe fondamental que *le temps est unique.* Il fut aussi admis qu'il serait bon qu'on n'eût qu'une seule manière de calculer le temps, commune à toutes les nations ; et à cette fin il devint nécessaire d'établir un zéro commun et une unité chronométrique.

Avec cet objet en vue, plusieurs corps savants d'Europe et d'Amérique se mirent à s'occuper de la question, et, pénétré de la vaste importance de la chose, on arriva à la conclusion que l'unité chronométrique devait être une mesure simple et pouvant servir de norme perpétuelle à l'usage de la famille humaine toute entière. On sentit aussi qu'il était fort à désirer, sinon indispensable, que toutes les nations consentissent à la reconnaître.

Il fut en conséquence proposé, à un congrès géographique international qui eut lieu à Venise en 1881, et confirmé à Rome deux ans plus tard, à un congrès géodésique, qu'il conviendrait d'inviter le gouvernement des Etats-Unis à convoquer une conférence de représentants autorisés des gouvernements de toutes les nations civilisées ;

pour étudier la question, et déterminer le zéro et la norme pour la supputation du temps à adopter pour tout le globe.

Il y a six ans cette conférence se réunit sous les auspices du gouvernement des Etats-Unis, à Washington. Vingt-cinq gouvernements y étaient officiellement représentés. Les délibérations occupèrent la durée du mois d'octobre 1884. A une unanimité pour ainsi dire complète, la conférence passa une série de résolutions dans lesquelles elle détermina l'unité chronométrique, recommanda que le jour universel fût réglé par le passage du soleil sur un méridien zéro accepté.

Les résolutions de la conférence de Washington ont ainsi établi avec autorité les principes fondamentaux sur lesquels doit reposer l'unification de l'heure, l'époque de l'acceptation des détails de la réforme étant laissée à la discrétion de chaque nation. Pour faciliter l'acceptation du nouveau système, la circonférence du globe a été divisée en vingt-quatre sections, chacune gouvernée par une norme secondaire en rapport direct avec l'unité. Dans ces vingt-quatre fuseaux secondaires, les heures sont simultanées, bien que soumises à une notation différente suivant la longitude des différents fuseaux. En dehors des chiffres par lesquels l'heure sera désignée en différents lieux, il y aura complète identité de chaque subdivision du temps dans tous les vingt-quatre fuseaux. Les différents jours locaux qui se succèdent dans le cours de chaque période diurne sont par cet arrangement de normes secondaires, réduits à vingt-quatre jours normaux, chacun desquels commençant une heure avant celui qui le suit. De ces jours normaux douze devancent et douze suivent la norme maîtresse, qui correspond à l'unité chronométrique, laquelle est la moyenne de toute la série des jours normaux. Par cet arrangement, qui, aux Etats-Unis, reçu le nom de *Standard time system*, et ailleurs celui de "système des fuseaux horaires," on a fourni à toutes les nations un moyen par lequel, sans s'écarter trop des vieux usages, elles peuvent se verser dans l'uniformité.

L'adoption du système des fuseaux horaires a déjà fait beaucoup de progrès. Dans l'Amérique du Nord, le système, introduit d'abord dans le service intérieur des chemins de fer, n'a pas tardé à être accepté par la masse de la population. En Asie, le même système a été établi par la loi dans tout l'empire du Japon. En Europe l'esprit public a été saisi de l'idée, qui attire tout particulièrement l'attention en Autriche-Hongrie, en Allemagne et en Belgique. D'après les dernières nouvelles on croit que le système sera adopté avant plusieurs mois par les chemins de fer de ces différents pays. Il règne déjà en Suède et dans la Grande-Bretagne.

Ainsi, aujourd'hui, le système des fuseaux horaires est complètement suivi en Asie par quarante millions d'âmes au moins, en Europe par presque autant, en Amérique par plus de soixante millions, et il n'y a presque pas à douter qu'avant longtemps il sera en usage dans la plus grande partie de l'Europe centrale, ce qui fera un total probable de deux cent trente millions des populations les plus progressives des trois continents, qui auront accepté pour le calcul du temps le principe de l'unité commune de l'heure. Sans tenir compte de l'Europe centrale, où la réforme est à la veille d'être adoptée, l'unification de l'heure a fait un tel progrès qu'au Japon, en Norvège, en Suède, en Angleterre, en Ecosse, au Canada et aux Etats-Unis, toutes les horloges réglées sonnent l'heure au même instant (bien que les nombres sonnés soient différents suivant les longitudes), et les minutes et les secondes, dans tous ces pays, sont absolument synchroniques.

L'unité chronométrique établie avec autorité par les résolutions de la conférence internationale de 1884, est la base du système par lequel ces résultats ont été obtenus, et nous devons regarder ce nouveau système comme celui qu'observeront bientôt la grande masse des habitants civilisés du globe dans leurs calculs journaliers et leur chronologie. Il est donc de première importance qu'il ne présente aucune ambiguité. D'après les résolutions de la conférence de 1884, l'unité chronométrique peut être définie comme l'intervalle de durée entre deux passages du soleil (moyen) sur l'anti-méridien de Greenwich. Cette unité fondamentale a été différemment désignée comme suit :

1. Jour universel.
2. Jour terrestre.
3. Jour indépendant des lieux (*Non-local*).
4. Jour cosmopolite.
5. Jour du monde.
6. Jour cosmique.

Il est facile de voir qu'aucune de ces six expressions ne saurait convenir. L'unité chronométrique n'est pas un jour dans le sens ordinaire du mot; c'est en vérité beaucoup plus qu'un jour ordinaire. Dans notre manière habituelle de penser le jour est invariablement associé dans l'esprit à une alternation de lumière et de ténèbres; il se rapporte en outre distinctement à une localité quelconque de la surface de la terre. Comme nous l'entendons généralement le jour est essentiellement local; et durant chaque rotation du globe sur son axe occupant une période de vingt-quatre heures, il y a autant de jours qu'il y a de lieux sur mer ou sur terre qui diffèrent de longitude. Ces jours sans nombre sont séparés et distincts, chacun ayant son midi et son minuit, son lever et son coucher du soleil. L'unité chronométrique est une conception tout à fait différente; elle est égale en durée à un jour, et par sa nature doit être synchronique avec un des innombrables jours locaux. Les résolutions de la conférence de Washington l'ont identifiée avec le jour civil de Greenwich; mais tandis que ce dernier est simplement une division locale du temps limitée au méridien de Greenwich, l'unité, de son côté, n'est pas ainsi limitée; elle se rapporte également à toutes les latitudes et toutes les longitudes. Ainsi conçue, l'unité chronométrique, par ses fonctions plus étendues et sa nature générale, sort de la catégorie des jours ordinaires, selon le sens attaché familièrement à l'expression; et pour dissiper toute incertitude et toute confusion à cet égard, il est au plus haut degré désirable que l'unité de temps universelle soit désignée par un terme qui la dégage clairement de toute idée de rapport local.

C'est le juge en chef Coke qui a dit que "l'erreur enfante la confusion." Comme l'objet premier de la réforme chronométrique est de mettre fin à la confusion, il importe de prendre toutes les précautions capables de prévenir les erreurs. Ne convient-il pas alors que nous nous occupions d'arriver à la désignation de l'unité de temps par un terme distinct et juste, et à l'abandon de toutes ces expressions impropres qu'on lui a appliquées jusqu'aujourd'hui? Dans un travail sur la mesure du temps, publié dans les mémoires de cette Société en 1886, se trouve définie l'unité chronométrique en même temps que sont exposés les usages auxquels elle doit servir. Le même travail fait remarquer d'ailleurs que le terme juste pour la désigner est encore à trouver. Je regarde comme mon devoir de signaler cette lacune, et tandis qu'il serait présomptueux de ma part de proposer un nom à adopter, j'ose faire remarquer que dans l'intérêt général il devrait être fait un effort pour en trouver un. Il n'est pas sans avantage de dériver les termes techniques d'une étymologie classique, et je me permets d'émettre l'opinion qu'on ferait bien d'en faire autant dans ce cas-ci. Quel que soit le nom choisi, s'il provient d'une racine grecque ou latine, il aura le même sens parfaitement défini dans tous les pays, et pourra facilement passer dans toutes les langues. Si l'on adopte un mot qui exprime clairement une "unité de temps", ce mot s'implantera graduellement, dans l'usage universel, comme il en a été des termes similaires, *télégraphie, photographie, lithographie,* etc., et de cette façon ce sera une seule et même idée qu'exprimeront toutes les nations par le terme qu'elles emploieront pour parler de la mesure du temps.

Suivant mon humble opinion la Société royale du Canada rendrait un service et agirait comme il convient, en prenant l'initiative dans la recherche d'un terme juste pour désigner l'unité chronométrique.

Si cette section de la Société partage en cela mon avis, je suggère respectueusement qu'elle institue une commission spéciale qui soit chargée d'étudier la question et de faire rapport dans le cours de la présente session.

L'UNITÉ CHRONOMÉTRIQUE.

RAPPORT DE LA COMMISSION SPÉCIALE DE LA SECTION III.

Présenté à la section par monsignor Hamel.

La commission à laquelle a été soumise la question de savoir s'il serait à propos de suggérer un terme particulier pour désigner l'unité de temps, a l'honneur de faire le rapport suivant:

Reconnaissant les avantages d'une terminologie judicieuse, et, d'accord avec l'opinion exprimée dans le discours d'ouverture du président de la section, la commission est d'avis qu'il convient que cette Société s'occupe de cette question. La commission est également d'opinion que c'est dans les langues classiques qu'il faut puiser les éléments d'un mot juste qui puisse se recommander à toutes les nations.

Indépendamment des opinions individuelles des membres de cette Société, la commission pense qu'il n'y a pas lieu de faire plus pour le moment que d'attirer l'attention sur le besoin qui se fait sentir. Votre commission recommande donc que la Société royale du Canada se mette en correspondance avec des sociétés sœurs en d'autres parties du monde, de façon à porter le sujet à leur attention, et leur demander la faveur d'une expression d'opinion à cet égard.

La commission recommande que le conseil soit prié de prendre les mesures qu'il jugera bon à cette fin.

Le rapport qui précède a été présenté à la Société par la section III, à l'assemblée générale tenue le 29 mai 1890, et approuvé.

JNO. GEO. BOURINOT,

Secrétaire général, Société royale du Canada.

RAPPORT de la Commission terminologique présenté en assemblée générale par monsignor Hamel, de la part de la Section III, et approuvé par la Société.

MONTRÉAL, 28 mai 1891.

La commission chargée de la question d'une nomenclature pour l'unité de temps et les méridiens horaires, a l'honneur de faire le rapport suivant :

L'UNITÉ CHRONOMÉTRIQUE.

L'unité de temps, comme il est dit dans le discours prononcé par le président l'année dernière, est la base du nouveau système de l'heure universelle. Elle a été déterminée par la Conférence internationale tenue à Washington en 1886, à laquelle vingt-cinq nations étaient représentées, jusqu'à présent cette unité n'a pas reçu de nom convenable, et la Société royale a pris l'initiative d'un effort pour combler la lacune. Comme résultat des mesures prises par la Société l'année dernière, les noms composés qui suivent ont été soumis :

1. Chronocanon............................ (la norme du temps)
2. Chronomonade........................ .... (l'unité de temps.)
3. Cosmochrone........................... .. (le temps cosmique.)
4. Cosmognome........... .... (le cadran ou style cosmique.)
5. Héliomonade......... .... (l'unité solaire.)
6. Metremer....... .... (le jour mesure.)
7. Metrochrone........................... ..... (le temps mesure.)
8. Monochrone............. .... (l'unité de temps.)
9. Nomochrone........... .... (la norme du temps.)
10. Pantochrone......... .... (le temps universel.)

Deux mots courts sur lesquels la commission désire attirer particulièrement l'attention ont aussi été proposés. Le premier, " Héliade," dérivé de Helios (le soleil), est suivant quelques-uns suffisamment explicite, et ne s'éloigne pas plus des usages classiques que plusieurs autres termes scientifiques tirés du grec. Il possède en outre un caractère mythique et métaphorique, et de même que les Héliades de la mythologie étaient les filles du soleil, de même on peut métaphoriquement regarder l'heure universelle comme la fille du soleil.

Le second, " Chrone," ne présente qu'un élément de la pensée à exprimer, mais a l'avantage d'être le principal composant de presque tous les mots usuels relatifs au temps.

Citons, par exemple :

1. Anachronisme—Faute contre l'époque d'un fait.
2. Chroniques, s. f.—Histoires rédigées par époques.
3. Chronique, adj.—Qui dure longtemps.
4. Chronogramme—Formule contenant la date d'un fait.
5. Chronographe—Appareil propre à enregistrer le temps pendant lequel se produit un phénomène.
6. Chronomètre—Nom générique des instruments qui servent à mesurer le temps.
7. Chronologie—Science de la mesure ou de la division du temps.
8. Chronométrie—L'art de mesurer le temps.
9. Osochrone—Qui s'opère dans des temps égaux.
10. Métachronisme—Erreur de chronologie.
11. Parachronisme—Placer un fait dans un temps postérieur à celui où il est arrivé.
12. Prochronisme—Avancer la date d'un fait.
13. Synchronique—Qui arrive dans le même temps.

MÉRIDIENS HORAIRES.

La désignation des méridiens horaires devient une question d'intérêt pratique dans tous les pays où il s'agit de légaliser l'introduction du nouveau mode de mesurer le temps. Pour cette fin entre autres il importe qu'il existe une nomenclature qui n'admette aucune confusion et donne pour l'avenir la plus grande satisfaction à toutes les parties du globe. Dans l'Amérique du Nord, l'heure du méridien 75° de longitude ouest a reçu comme nom d'essai celui de *temps oriental*, pour la raison que ce méridien passe près de la côte orientale des Etats-Unis. Au sud de l'équateur cependant ce terme ne saurait convenir, en ce que le fuseau horaire auquel il s'applique couvre la côte occidentale de l'Amérique du Sud. De même, l'heure du méridien 105° ouest a été appelée *temps des montagnes*, parce que ce méridien traverse les montagnes Rocheuses dans les Etats-Unis ; mais, projeté vers le nord, le même méridien passe en plein milieu de la grande région des prairies du Canada, où l'on ne rencontre pas de montagnes, tandis que, vers le sud, le même méridien, au delà de la côte américaine, ne rencontre aucune terre, et passe tout entier dans l'océan Pacifique jusqu'au cercle Antarctique.

En Europe on a donné au méridien 15° de longitude est, le nom d'Adria, probablement parce que ce méridien tombe dans l'Adriatique. Cette désignation peut convenir à l'Europe, mais ne saurait être regardée comme très heureuse pour l'hémisphère méridional.

Vu le sens restreint de presque tous les termes locaux ou géographiques, il semble clair qu'il sera difficile, si non impossible, de baser sur de pareils termes une nomenclature qui puisse être acceptable pour tout le monde, et la diversité de langage parmi les nations augmente encore la difficulté.

Après avoir mûrement examiné la question, et considérant qu'une nomenclature basée sur des nombres aurait le même sens dans toutes les banques et conviendrait également aux deux hémisphères, la commission est d'avis que les vingt-quatre méridiens devraient être désignés par des nombres. Tout considéré, la commission croit qu'il serait très avantageux de commencer la série numérale à l'anti-méridien fondamental, qui serait le méridien horaire zéro, et suivre la marche apparente du soleil vers l'ouest. (*Voir* la note explicative ci-jointe.)

Ce principe accepté, les méridiens horaires seraient numérotés comme suit :—

L'anti-méridien initial 180° est et ouest du maître méridien, *Zéro*.

Le méridien horaire 165° de longitude est est n° 1, *Unus*.
      "   150°   "   2, *Duo*.
      "   135°   "   3, *Tres*.

Le méridien horaire 120° de longitude est n° 4, *Quatuor.*
    "   105°   "   5, *Quinque.*
    "   90°   "   6. *Sex.*
    "   75°   "   7, *Septem.*
    "   60°   "   8, *Octo.*
    "   45°   "   '9, *Novem.*
    "   30°   "   10, *Decem.*
    "   15°   "   11, *Undecim.*
    "   0° Maître méridien   12, *Duodecim.*
    "   15° de longitude ouest 13, *Tredecim.*
    "   30°   "   14, *Quatuordecim.*
    "   45°   "   15, *Quindecim.*
    "   60°   "   16, *Sedecim.*
    "   75°   "   17, *Septemdecim.*
    "   90°   "   18, *Octodecim.*
    "   105°   "   19, *Novemdecim.*
    "   120°   "   20, *Viginti.*
    "   135°   "   21, *Viginti unus.*
    "   150°   "   22, *Viginti duo.*
    "   165°   "   23, *Viginti tres.*

L'anti-méridien initial 180° de longitude est et ouest, *Zéro.*

En vue d'obtenir l'approbation de la nomenclature ici suggérée, ou une expression d'opinion sur cette nomenclature, la commission recommande que le conseil soit prié de porter la question à l'attention des savants et des sociétés sœurs des autres pays.

CHARLES CARPMAEL,
Président de la commission.

Approuvé à l'assemblée générale de la société tenue à Montréal le 29 mai 1891.

GEO. M. GRANT,
Président.

GEO. STEWART,
Faisant fonction de secrétaire général.

NOTE EXPLICATIVE AU SUJET DES MÉRIDIENS ET DES FUSEAUX HORAIRES.

Il y a d'autres raisons que celles mentionnées dans le rapport, pour lesquelles il convient que les méridiens horaires soient distingués par des nombres dans l'ordre indiqué.

1. Les vingt-quatre méridiens horaires prennent leur place sur le globe d'après le zéro de temps accepté, qui est journellement déterminé par le passage du soleil sur l'anti-méridien fondamental ; il est donc naturel que s'ils doivent être désignés par des nombres la série consécutive de ces nombres commence à l'anti-méridien fondamental zéro.

2. Si l'on commence à observer la marche du temps à l'instant zéro, dans le cours d'une heure la terre aura opéré sur son axe une révolution de quinze degrés et amené sous le soleil le premier méridien horaire ouest de l'anti-méridien initial. Pour ce méridien horaire quelle désignation pourrait donc être plus propre que celle de numéro un (*unus*) ? A la fin de la deuxième heure, la terre aura encore tourné de quinze degrés, et amené sous le soleil le second méridien horaire ouest de l'anti-méridien initial. Il sera également à propos de nommer ce méridien le méridien horaire numéro deux (*duo*). Il en sera de même du troisième, du quatrième, et chacun des vingt-quatre méridiens pourra être numéroté consécutivement.

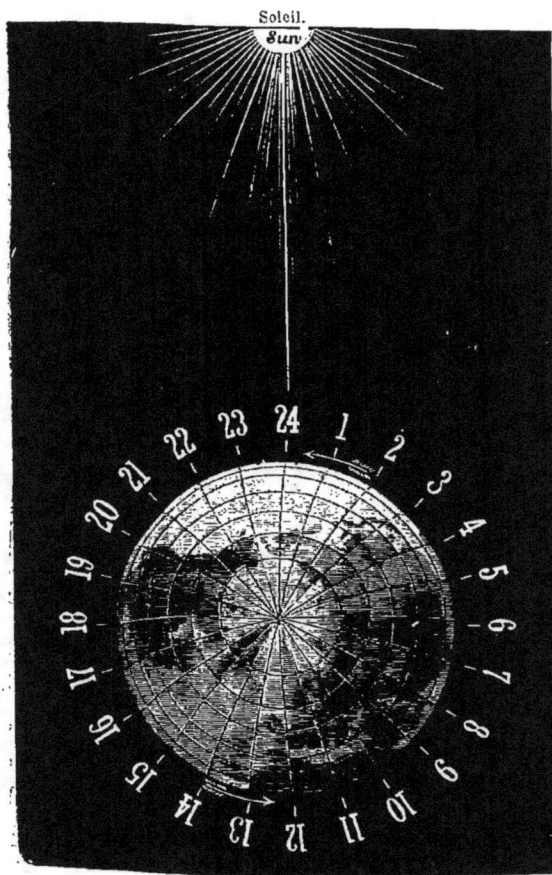

Soleil.

Si cette manière de désigner les méridiens horaires se recommande par sa simplicité, on ne pourra que la trouver également commode. Dans la projection ci-contre de l'hémisphère septentrional les chiffres qui font le tour de la circonférence indiquent les méridiens horaires numérotés d'après le système ici exposé. Ces chiffres indiquent également les vingt-quatre heures qui divisent l'unité chronométrique. Le mouvement de la terre sur son axe amène successivement tous les méridiens horaires à passer sous le soleil, et si l'on numérote ces méridiens comme il est proposé, on les fait coïncider parfaitement aux heures du jour universel. Ainsi, lorsque le soleil passe sur le méridien horaire 12, il est 12 heures; lorsqu'il passera sur le méridien horaire 17, il sera 17 heures, et ainsi de suite. On fait ainsi entrer dans la réalité l'idée que la terre est le grand chronomètre sur lequel le soleil est l'indicateur des heures.

Le système des fuseaux horaires a été imaginé pour faciliter l'unification de l'heure dans toutes les longitudes, sans trop se départir des vieux usages et coutumes.

Le mode proposé de numéroter les méridiens horaires établit un rapport direct entre l'heure de chaque fuseau et l'heure universelle. Ce rapport peut commodément se réduire à la formule suivante :—

Représentons par H le nombre du méridien horaire—

(1.) Dans le fuseau qui est à cheval sur le méridien horaire 12 (*duodecim*), lequel correspond au méridien de Greenwich, la notation des heures s'accordera avec l'heure universelle.

(2.) Dans toutes les longitudes EST, la notation sera en avance sur l'heure universelle; le nombre d'heures en avance sera dans tous les cas égal à 12 moins H.

(3.) Dans toutes les longitudes OUEST, la notation sera en retard sur l'heure universelle; le nombre d'heures en retard sera dans tous les cas égal à H moins 12.

Le numéro de chaque méridien horaire sera la clé de l'heure dans le fuseau qui sera à cheval sur ce méridien, et il indiquera le rapport précis de l'heure du fuseau à l'heure universelle.

Avec ce système, l'uniformité dans la mesure du temps sera parfaite, excepté en ce qui sera des nombres qui distingueront les heures dans les différents fuseaux. Il y aura dans la notation une différence d'une heure juste d'un fuseau à l'autre. Sous tous les autres rapports, il y aura identité complète, et pour ainsi dire synchronisme partout.

THE WORLD ON MERCATORS PROJECTION, SHEWING THE 24 HOUR MERIDIANS FOR REGULATING STANDARD TIME.

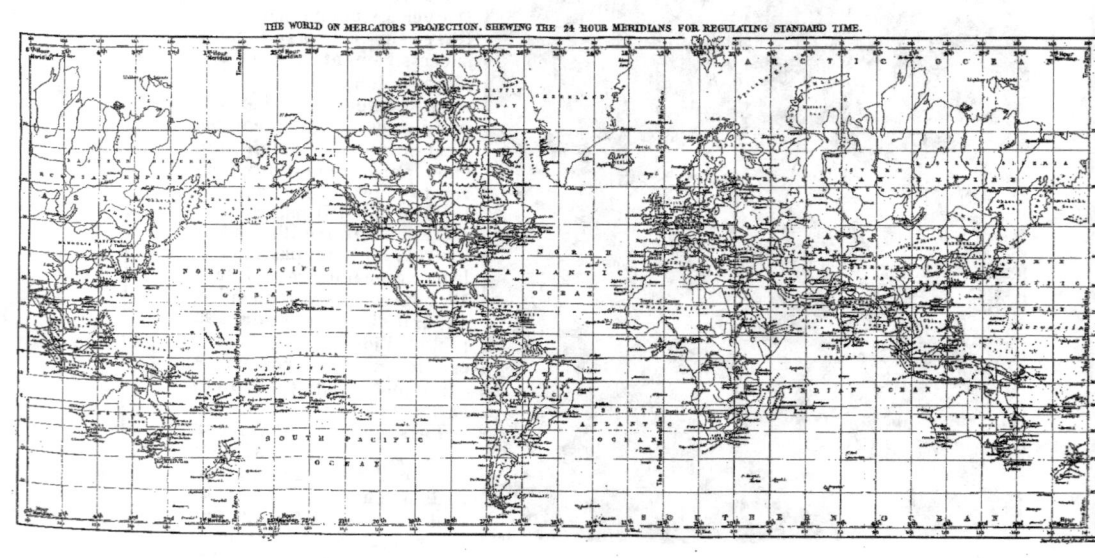